倡导诗意健康人生
为诗的纯粹而努力

阎　志
主　编

变异的故乡
中国诗歌
【第89卷】

2017 **5**

主　　编：阎　志
常务副主编：谢克强
副　主　编：邹建军

编　委(以姓氏笔画为序)：
　　田　禾　叶延滨　李　瑛
　　祁　人　吴思敬　杨　克
　　张清华　邹建军　陆　健
　　林　莽　路　也　阎　志
　　屠　岸　谢　冕　谢克强

发稿编辑：刘　蔚　熊　曼　朱　妍
　　　　　李亚飞
美术编辑：叶芹云

编辑：《中国诗歌》编辑部
地址：武汉市盘龙城经济开发区
　　　第一企业社区卓尔大厦
邮编：430312
电话：(027)61882316
传真：(027)61882316
投稿信箱：zallsg@163.com

目　录 CONTENTS

4-15		**头条诗人**
5	变异的故乡（组诗）	辰　水
15	与一个村庄的距离有多远	辰　水

16-30		**原创阵地**

流　泉　钟　硕　纳　兰　黄小培　髯　子　于小蛮
马　行　曹立光　吕小春秋　江浩一　江笑童
水边青艾　夜　泊

31-64		**实力诗人**	
32	李元胜的诗	50	吴素贞的诗
35	弓车的诗	53	唐益红的诗
38	姜桦的诗	56	残雪消融的诗
41	王琪的诗	59	风言的诗
44	张德明的诗	62	龚学敏的诗
47	刘素珍的诗		

65-68		**新发现**
66	拾忆（组诗）	张秋霞

69-75		**女性诗人**
70	白兰花（组诗）	王　妃
75	米在还乡	王　妃

76-85		**大学生诗群**

李啸洋　熊生庆　易　川　尹国强　徐时胤　黄维盈
戚植春　刘　鑫　李　龙　刘建诺　杨胡若冰
彭　然

86-94		**中国诗选**

金铃子　余笑忠　湘小妃　马晓康　潘红莉　张作梗
尘　轩　巴音博罗　田　君　南书堂　胡茗茗　龚　纯

95–98		**爱情诗页**
96	生查子（外三首）	韩簌簌
97	仍可依靠的人间（外三首）	潘云贵
98	爱的密语（外二首）	顾彼曦
99–105		**散文诗章**
100	爱的旅程（十三章）	爱斐儿
106–107		**诗词之页**
107	刘能英诗词选	
108–119		**诗人档案**
110	梁晓明代表作选	
115	盎然的诗性感受与存在的诗性意义	苗 霞
120–127		**外国诗歌**
121	威廉·福克纳诗选	远 洋/译
128–140		**新诗经典**
129	陈辉诗选	
134	烽烟中的烈火柔情	丁 萌
141–150		**诗评诗论**
142	论百年中国新诗中的叶延滨	沙 克
151–154		**诗学观点**
151	诗学观点	甘小盼 辑
155–156		**故缘夜话**
155	"不学诗，无以言"	朱 妍

封三封底——《诗书画》·刘益善书法作品选

本期插图选自 Barend Cornelis Koekkoek 作品

图书在版编目(CIP)数据

变异的故乡 / 辰水等著.–北京：人民文学出版社，2017
（中国诗歌 / 阎志主编）
ISBN 978-7-02-012950-8

Ⅰ.①变… Ⅱ.①辰… Ⅲ.①诗集–中国–当代
Ⅳ.①Ⅰ227

中国版本图书馆CIP数据核字（2017）第125189号

责任编辑：王清平
装帧设计：海 岛
责任校对：王清平

人民文学出版社有限公司出版
http://www.rw-cn.com
北京市朝内大街166号 邮编：100705
武钢实业印刷总厂印刷 新华书店经销
字数 210 千字 开本 850×1168 毫米 1/16 印张 9.75
2017年5月北京第1版 2017年5月第1次印刷
ISBN 978-7-02-012950-8
定价 10.00 元

如有印装质量问题，请与本社图书销售中心调换。电话：01065233595

头条诗人
HEADLINES POET

CHEN SHUI 辰水

本名李洪振,1977年生于山东临沂。参加第32届青春诗会。获第三届红高粱诗歌奖,多次入围华文青年诗歌奖。有作品入选《星星五十年诗选》、《70后诗歌档案》、《21世纪诗歌精选》等多种选本。著有诗集《辰水诗选》,诗合集《我们柒》。

变异的故乡

·组诗·

□ 辰　水

变异的故乡

1

风吹过城镇，也吹过田野。那时间的风
它像一匹脱缰的马，
拉着一个又一个的村庄，奔驰……
在颠簸之中，它们变形，也变异
被折叠，也被扭曲。

一只光怪陆离的怪兽，
它在深夜跑出来，惊动数个村里的居民。
然而，他们谁也无法抓住
这只变幻的精灵。它是欲望，从人们的内心里
跑出来——

在黑暗中，它身上的鬃毛，闪闪发亮。
夜晚。风吹过它
如同一只狮子的孤独。

2

流过村镇的河流，它再次被掺入工业的废渣。
虚假的河水，
投射在它上面的倒影，也变得张牙舞爪。

一个流域的积怨，全被抛弃在里面
即便是再大的风雨也无法化解。
一个投河自尽的妇女，她的死因有若干个版本
但她肯定不是一个外星人。

当河流在一夜干涸之后，
淘金的异乡人扬起的沙尘，遮蔽了半个村庄。
闪光的金子，
它的每一个棱面，都足以照亮
一个人逼仄的内心。

3

更多的青山，被蚂蚁搬走
卡车一样大的蚂蚁，它们疯狂地吃掉一座座山
　头。
在力量面前，连巨石也不得不
听从于机械的命令。

在满目疮痍的山区，那飞来的巨大深坑
像是宇宙的秘密符号。
作为故乡人，我惊愕，并无法直视
无法追问，到底是谁
偷走了多少黑色的石头？

——这些土中的铁，大地的骨殖。

4

当雷声从村落的上空滚过，
沐浴在雨水中的庄稼，再次复活，成为不同的父
　亲。
一个歉收的田野，土地被分割成
不同的形状，张望着天空。

镰刀从空中掉下来,
收割茅草,也割刈看不见的电波。

从大地的深处,被挖掘出的遗骸
早已无人祭祀,
车轮碾压之后,又重新融入土中。
而饥饿却并不遥远,
我像一只带电的老鼠,贮藏着人间的粮食。

5

机器也取走了我体内的骨骼,
那些泥土做的骨骼,有着农业的气息。
雨水从天空坠落,
可大地上早已没有了一块稻田。

一个期盼丰收的国度,却注定要两手空空。
在工业时代,大米和鸡蛋
足以以假乱真。
那些流水线上的产品,再一次
让贫瘠的胃,穿过黑暗的玻璃。

6

在星星失踪之后,人们又重新装饰了天空。
亘古的星宿,
它们在霓虹灯里找到了自己的位置。
大旱之年,连天上的银河
也接近干枯,
而人间一个火星的愿望,又怎么会轻易兑现?

死后的祖先,他们仿佛是藏匿的星星。
光从墓穴中发出,
那照亮我们彼此面容的光线,
是萤火,还是烛光?

时代的发电机,高速旋转。
一个黑如白昼的故乡,鬼魅丛生。

7

拆迁后的废墟,成了庆功的舞台。
在红地毯走过的地方,
浇筑上了黑色的沥青。

傍晚,我一个人穿越广场。表演者都长着
一张张夸张、修饰过的面孔。

我是沉默者。也是逃离者。
欢乐属于众人喧哗的夜晚,孤独却如
清冷的灯盏。

在拥挤的人群深处,
复合的欲望像发臭了的鲍鱼。我抽身而去
却最终还要撞上一面游动的悬崖,
令自己静止不动。

8

面对故乡的问询,
我们早已习惯彼此来虚构自己的行踪。
一个不断修改着门牌号的人,
怎么能热爱异乡的山水?

在最低的草丛里,也藏有飓风一样旋转的梦想。
整个村庄的人,被简化成编码
藏进公文夹里。
他们沉睡,却不知何时苏醒。

而在田地里劳作的肉体,并非真实。
他们的体液成了地球的一部分,
却无法进入纸上的故乡。

9

书架之上,每一本书就是一个故乡。
活动的册页,犹如奔跑的建筑
在乡间积聚幽灵。
一个被挖掘机轻轻举起的村庄,它砍断的根须
已无法复活。

一截故乡的脐带,被轻易截断。
那些注定无法返乡的人,在异乡埋下胎盘。
黄昏之后,我试着返回故乡
可每一个故乡都变得面目全非,越来越像是另一
　　个异乡。

破茧而出的蝴蝶,
它感受到了飓风的力量。

茧衣似的故乡，早已破碎。蝴蝶的子民，注定要
　　寻找
另一片迭变的山谷。

一个村庄的四则运算

加法：繁衍

也许一个姓氏就是一个物种
那从明朝迁徙而来的李氏，便是从异乡飞来
繁衍的一种蝴蝶。
永乐年间，一只侥幸逃脱厄运的菜青虫
它梦见了未来的光荣。

六百年后，它将成为祖先被供奉在祠堂。
这无限的繁殖力，
比所有的戕害更伟大百倍！

它们统治这个世界，却依然无法抵御天灾。
1960年，三十多岁的奶奶停经了
饥饿让繁衍暂时搁浅。
可当天降甘霖之后，
一个村庄的生殖力，像河水一样暴涨。

我的降生，为逝去的祖先填补
一个嘈杂的灵魂。
中年病殁的书生魂魄，他在我的肉体上
成长为另一个自己。

我既是古代的，也是现代的
既是祖先，也是子孙

减法：迁徙

择水而居的祖先，改变了一条河流的走向
从东南修订为西南。
而一条河流，竟然也会在一夜之间
不明不白地消失……

难道，一条河流也会迁徙？
被迫远走他乡的人，带走妻儿和取水的器皿。
他们相信地下藏着另一条奔跑的河流，
干净、清澈，带着微微的咸
像蓄在眼眶里的一滴泪水。

一个氏族，只剩下老人坚守着的村庄
如此安静，如此肃穆。
而迁徙者的背景，是忙碌、无助、忐忑不安……
他们是民工、商贩、货车司机……
她们是保姆、导购、站街女、守夜人……

我终于成了他们中的一个。
村庄减少了我，我也把大片的土地扔在身后
把成熟的庄稼留给了长夜。
那些将我喂大的麦粒，
它在城市以另一种膨胀的方式来安慰我。

我成了被减少的单数，
我可以被忽略，也可以被一个村庄遗忘。

乘法：爆炸

虚构一个纸上的村庄，
需要调动三千多个汉字，甚至更多。
而爆炸是另一种虚构，
它让一个村庄，天外飞来。

村庄以膨胀的方式完成自己，像一粒爆米花。
如果给予它热闹的温度，
它还将，无限大。

从一座消失的山中爆炸而出的高楼，
它让石头以另一种方式矗立。
而我心中的那颗星，早已无法看见
它以一只白炽灯的形象来代替。

一百年后，我想象一个膨胀后的村庄
它会不会像一枚气球，
面临被爆破的命运。
在那"嘭"的一声巨响之后，
我们是否还能找到满地的碎屑。

我是最小的碎屑,
我将回到世界本初的样子。

除法：消亡

一个村庄的影像,都被贮存在瞳孔里
成为晶体的一部分。
擦亮眼睛,看到村庄萧条的影子
像一条孤独的蛇。

那走着走着就消失的人,那站着站着就不见了踪
　　影的树木……
那众鸟已飞走的村庄,
它在一张地图上也将丢失自己名字
成为新版图上的弃儿。

越过一个朝代,它也将被自己的子孙遗忘
在一本县志的夹页之中。
好事者,似乎企图能从泛黄的纸里
寻找到先祖骄傲的遗骨。

我也将屈服于这消亡的命运,
为一个村庄献上自己的祭祀。
这微不足道的肉体,
——它那么小,那么轻!

我是死者,也是生者
我是归来者,也是朝圣的人

伐木丁丁

下午,三点。
我又遇见了那个伐木人,和那闪亮的锯子。
一个偶尔的钟点工,
他对树木有着天然的敌意。
一棵棵倒地的树,它们的亡灵
早已游离于大地之外。
古老的秋天,再一次被演绎成头颅落地,
或者是在手机上清扫一遍堆积的落叶。
一声声刺耳的尖叫,
似乎代替了古老的伐木之声,
诗意戛然而止。

然而,他砍伐的并不是一片森林。
只是河堤边的杨树,一行速生的舶来品种。
几个操着南方口音的异乡人,
他们为轰然倒地的躯干买单。
一切生活的秩序,
并不因此而改变,或节外生枝。
河水依旧南流,
搬运木材的卡车交换着发酵的纸浆。
而我距离这一切并不遥远,
在日益凋敝的乡村,
我不停地砍伐自己的丛林,在一张纸上。
每一行字,都几乎倾倒
都几乎被连根拔出——

象形文字

1

在教授儿子写字的时候,我恍惚
要变回三十年前的父亲
过去的光从宣纸的背面,投射出来
照亮了房间

想起在一面墙的正面,父亲把笨拙的字
写在上头
或者说是画,一笔一画
每一个字都好像是——
一位远道而来的亲戚,它们串门
并因此而碰壁

只上过半个学期小学的父亲
他守候的字
还不到二十个,无法占满整面墙壁
剩下大片空白之处

土墙的对面,睡着我的脸
那是一面芳香的墙
泥土由生变熟,直到
可以充饥

2

许多的字变成饼干模样

变成动物的模样
让我们吃，让我们吃……

直到最后，剩下了毛发
剩下了纸做的四肢
它们一个个分别在地上爬，慢慢地爬

分离是痛苦的——
而驱赶走一个字的偏旁和部首
像把大陆的一部分撕裂成海岛

3

而更多的象形文字落在了地上
成了一棵青草
它最终的去处，像一股火焰
跑进了大地的深处

父亲挑着一担的象形文字
走向田野
夜色已深，它还没有回来
每一个字都像是一座小小的坟茔
无规则地分布

我怀念一个可怕的死者
那，肯定是一个真理

4

逃跑，是一个虚张的借口
为了避开我们
父亲把字一个个地从墙上抹掉，直到
只剩下雪白的墙

那孤零零的美，需要我们重新冷峻地面对
像信仰上帝

一年之后，我将会看到
许多的象形文字像蜥蜴，往墙上爬
那留下的痕迹
我认为是残忍的，也是美的……

像汉字教会了直面生活，而作文却让我
迂回曲折，隐约中

看到了远方的点点星火

另一个政府

我很难相信
在一个县政府的楼下，还藏着
另一政府。
一个蝼蚁的政府，它也有
十八层那么高。

但我在疏通管道的时候，
竟然惊讶地发现了这一切。
在蚁穴的深处，
也藏有一把县长的椅子。
即使是一纸过期的任命，
也会被咬成滤网，
用来筛选天生的蚁卵。

突如其来的水流，
竟也能遣散一个非法的政府？
管理员是孤独的，
他不断操纵着流水，时断时续。
濒临灭绝的王国，
水灾丛生。

我相信它的溃败源于偶然，
而更多的政府，人去楼空。

用麦穗加冕

在乡间，诗人给自己加冕。
统治的区域只有六百多个平方，仅有
一千零一条害虫和逃窜到此的
三只蚂蚱。
没有一个可依仗的重臣，
没有一只益虫来替我消灭敌人。
我用一捧麦穗置于头顶，
自己便成了孤王。
一个国家的律条，我既是制定者
也是遵守者；
对于草菅虫命，只有自己审判自己。
如果轰隆的收割机碾过，

我的帝国瞬间崩坍了,
成了偏居一隅的皇帝。
只关心诗句,
不热爱粮食。

秋日的暴政

秋日里,自己给自己施政。
孤独就会发育成果实。垂下梢头的瞬间,
所有的谷穗都为一只受伤的麻雀让路。

应该交还的银两,还在途中。
对一个思考者,征收其内心里的田赋,仅仅只是
　为了
得到一张潦草的稿纸?

为了推翻自己的统治。
我在这秋天的日历卡上,埋藏下火焰。
那燃烧的部分,不仅仅是纸⋯⋯

我们埋葬下闪电

除了闪电,我们还有什么无法埋葬。
一个人就是一道闪电,他奔跑时,闪电也在跑。

昨夜的雨,直到今天还没有滴完,
收藏它们的容器满了,溢出的水变成了污垢。

没有种植者,许多的木耳也会暗暗出生,
可是依然还无法称量一根朽木的重量。

我躲在明亮的玻璃后面,闪电朝我袭来⋯⋯
却怎么也无法击中我。

火　焰

从遥远的假期里退出来
我几乎像跨上一匹倒退的马,一直退回到
刚刚开始手淫的日子
那时,我多么像匹纯种的马
被骄傲地困在庄园里

在一匹马的羞耻部位,里面似乎
埋下了许多火焰的种子
发芽的恐慌肯定缠住了我
我开始担心,它会长大
甚至会喷射出火焰

多年以后,我也学会了钻木取火的技艺
从肉体里取出的火
会烧烫一个隔夜的尿壶
沸腾之后
那些被冷却的部分,始终还是
一副冰冷的骨架

而火焰也会弯曲
遇见岩石也一样会逃进缝隙
在坚硬的花岗石内部
一朵火焰的化石
它的里面往往藏住了一颗忧愤的心

六月的分行诗

总算是度过了属于自己生日的五月
那是一个惊险的日子
如胚芽几乎要接受太阳炙热的烘烤,那烘烤
也是带电的

可是只有闪电才属于每一个贫穷的人
才可以平均地分享它的光亮
在雷霆的深处,它似乎总掩藏着什么
如同这小小的村落
蜘蛛网似的小巷里,布局
自己的童年

我们在草堂里相遇,与另一个杜甫
擦肩而过
贫寒像冬日的蚊蝇,坚守着一寸
温暖的阳光。可现在是夏日
暴雨随时将至

在暴涨的河流对岸,我们相互
张望。凝视⋯⋯
刚刚过去的五月,犹如水面上的稻草
被轻轻地驮走——

蜗牛火车

再也没有比这列火车更小的火车了
它在墙角下最潮湿的地方建设着轨道、车站、月台……
连候车室也是袖珍的
容得下打盹瞌睡的蚂蚁和不醉不归的蜜蜂
抱头鼠窜的永远是那些潮虫，把伤残的大腿
一截一截地留在了站台上

这样的火车就要启程了
需要十八只蜗牛的力量
需要十八只蜗牛同时发动它们的马达
让这列火车的速度达到每小时8米
让这列火车一生也跑不出一座村庄

如果换作我，把一个童年的我塞进这样的一列火车
一直要坐到两鬓斑白
还是到不了自己的墓地
还是看不到自己把自己烧成一捧灰
那样是不是有些悲伤

可我宁愿让自己慢些，慢下来
把自己藏身于蜗牛的壳里
不管世界怎样旋转，不管壳外风雨阴晴
我就这样一生寄居在一只蜗牛的壳里
等待着一列蜗牛火车载着我回家

另一盏马灯

已经熄灭了二十三年的马灯，如同我的
另一个父亲
无论怎样，都无法点燃它
它的底部，有着五厘米长的裂缝。足可以泄露出
无限的煤油，和数不清的灵魂

而另一盏马灯，却早已没有了去向
它曾经照亮的房间，被拆了
灯光下的容颜，也不见了
甚至，黑夜里一闪而过的白薯片
也要钻入土里
马灯是铁的，还带着火焰

可要熄灭它,也仅仅只需要
一捧微不足道的黄土

孤独如斯的马灯,我敲打它
会抖落一地的碎屑
那里面的每一个微笑的颗粒,都如同旧时光
被掺进了盐
在舌尖上都是咸的

一公里的森林

在长约一公里的森林里,我几乎孤立无援
对于自由散步的树木
惟有用揭皮的方式来对抗它的愤怒

在俗世上,所有的树木都有着戴罪之身
让砍伐有了正当的借口
我是河岸边上的臣民,也是森林里
孤独的信使
一公里之内,需要安置多少个驿站,才能
让脱壳的夜蝉,升到高处

所有聚集在一起的蝉鸣
它们的合奏,怎么也无法抵挡滂沱的大雨

逃跑的蜘蛛

一只蜘蛛停住了脚步。我看见了它
而它并不一定发现了我
它从残损的网上后撤,像败军之将
带着惊恐和胆怯一路逃亡
可是逃跑又能逃到哪里去呢?"天涯与海角"
这两所避难之处,足足可以让它跑上几个世纪
我害怕它会再次发动引擎
再次逃进地球的缝隙里,从美国的废墟里钻出来
于是,我使用了外力
捉住它,让它再次吐丝结网
可它,呆呆地停在那里
一动也不动
整整一个下午,它还是不动
有好几次,我怀疑它死了
用手挠挠它的爪子

却依然还很牢固地抓在一张破网上

雪 人

为了重新塑造另一个雪人
我把那个残损的雪人—— 解肢
这是它的头,那是它的腿……

哦,这些折了的胳膊,这些折了的腿
这些被拧歪了的鼻子
这些被安置倒了的嘴
—— 它们都要被再次嫁接
重新复活过来

在冬天,只有天空布满阴霾
只有冷风吹彻我们的骨头
才会有闪亮的雪花从天上落下来
才会有一个个的雪人降生在大地上

而我为了一个雪人的美
残忍地杀死了另一个丑陋的雪人

帽子下的雪

从前,我们都曾经戴着一顶相同的帽子
火车头的帽子
在漫天飞舞的雪花中慌乱地跑——
以至于有些东西都丢掉了,也浑然不知

直到最后,连青春的裤衩也要露出孤独的窟窿
那时,我们都很破旧
像一只只灰不溜秋的坛子
在等待着从空中落下来的雪,将我们覆盖
把我们埋葬

未来我们都跑回了屋里
热气腾腾的我们把整个世界都融化了
可春风还是没有吹来,还在山的另一边
我低头找到了那个遗落的帽子
在它的下面竟藏着一小堆还没有来得及融化的雪

那捧小小的雪,晶莹的雪

多么可怜
我决定捂住它们,怀揣着它们悄悄地消失在黑夜里
一个人走向遥远的南极

中年之后

把仅剩的萝卜埋藏于地下,像是把一束光
种植在黑暗里。
在冬日的乡间,一个挖坑的人
始终在挖着深深的坑。
他用铁锹的杆部来测量深度,也是用身体
与地球的表层来和解。

中年之后,栖身的洞穴出现了裂缝。
抖落身上的尘埃,
让我感受到了泥土的重量。
与一片废墟交谈,在里面居住的诸神,注定要
退避三舍。

在内心里建筑的楼房,
难道不需要一张准建的证书?
政府,几乎无处不在。
而,生活——
这巨大的泥石流,甚至会摧毁坚硬的诗行。

地图上的河流,
并不会因我的走向而修改。
我一个人背对着大河而走,越走越远……
直到与另一粒沙砾重逢。

过街马戏

多年前的一场马戏,
常常会在记忆里失真,成为一面镜子。
那年的夏天,吹来异乡的人
一群瘦小的表演者,
仿佛来自另一个国度。
陌生的瞳孔,比所有的兽眼
更为惊悚。
没有人告诉我,他们为什么会来到这里,
会带来病恹恹的野兽。

来到乡村的那只狮子,钻火圈的那只狮子
不抽打它,
它就不表演的那只。
一个孩子,他内心的凶恶几乎
与生俱来。
戳痛一只困进笼中的狮子,
居然成了游戏。
现实中,一个再凶残的人,
也会成为笼中的另一只狮子。
当围观者如同药片被溶解,消失而去——
马路上空荡荡的,
几根狮子的毫毛,被风吹走
记忆里再一次恢复了原来的地貌。

冬日里的世道人心

冬日里,我们往往耗尽了太多的氧气
把身体也费尽了
整整一年的储备。明年春天气短,来不及呼吸
自由就变成了滞留
把我们缠倒在地

即便是再公正的世道,也有人乐意
做个乞讨的流浪者
也有人要暴露出自己的鼻孔
吸走一腔的雾霾

我们常常过分地理解了这个世界
孤独有多少
热爱就有多少
而对于一个俗人的爱,它关乎良心
也像冬日里湖边的冷风
它直指那冰层以下的部分

那温暖的水里
难道,非要浸泡下一颗畜生的心

挖一挖,箭镞

几枚箭镞被抛离地下,遇见了光。
那是陌生的光,
追逐着一千年前的自己。或者是亲吻一下

隔着十多个朝代的泥土。
田地里的白薯,接近丰收。
一个北方的祖国,
带不来南方的潮湿,和快速繁衍的电子。
在冷冽的寒风中,
父亲为了挖掘一个地窖,磨损着
一把祖父遗留的铁锹。
两种铁的相遇,
注定是偶然的,类似于神谕。
对于日益凋敝的山区农业,一个村民的未来
几乎清晰可见。
挖出的箭镞,注定无用。
他毫不理会,还是一直在甩着土块,
像固执地与生活作对。
箭镞又一次被发射出来,
但软绵无力,无法射中谁。
在这个老套的冬日,与地球的一小块土地作战,
竟也能取得小小的胜利。
其实又有何胜利可言,在历史的
荒谬之处,
锋利的箭镞,也无法提供正义的答案。

地　窖

那些被安置在乡间的不规则地窖
没有一个里面不埋藏着红薯,不埋藏着白骨
奄奄死去的铁门
把守着白雪皑皑的又一个冬天

让一个地窖苏醒
需要吹进一吨的空气,甚至要
敲响十面锣鼓
可这些并不能妨碍我们
依次跳进地窖
来测一测它的深度——

那深不见喉的黑暗,那扑灭一支烛火的黑手
往往瞬间就引领我们
集体上升
而下沉的永远是炽热的金属
是不断萎缩的肉体

多年前,为了获取一日的食物
父亲用一根火柴照亮了整个地窖
在隐约的光亮中,我看到了
他幽暗的头部……

死亡的钟

挂在墙上的钟,它已经死了。
无异于一具干尸。
它却不肯轻易地掉下来,
砸碎地上的灰尘。
在墙的巨大阴影里面,三枚指针
组成的剪刀
轻易不会张开嘴巴。

父亲是另一个钟,
五十一年的发条,最终被自己拧断。
腹腔中肿胀的电池,
流出了汁液——
那,仿佛是他一生中最神秘的部分。

一个钟归隐土中,一个钟爆裂于火焰。
上帝收留它们的方式,
如同收割麦子。
在饥饿的人间,每个人都在大口地
吞咽着光阴,
都在给自己体内的钟
上紧发条。

与一个村庄的距离有多远

□ 辰　水

"面对一座即将飞走的村庄，我常常会梦见自己坐在上面，去了远方……"

这远方便是我与一个村庄的距离。然而，它到底有多远，我也说不清。在目光所及之处，远方是群山，是落满彩霞之地；而在心中，远方是自由之地，是圣洁的幽兰空谷。可事实上，我与一个村庄的距离，并不遥远。

十多年来，我曾在自己的诗里多次写到过自己的村庄，细致到每一条路，每一个沟沟坎坎……可这个叫作安乐庄的村落，随着时间的流逝，它自身也在发生着变化。有时是细微的，比如老梁家把他家门前的一棵树砍倒了；有时是巨大的，比如一条泥泞的道路被覆盖上黑色的沥青。

可突然到来的变化，让人不可思议。一座座池塘被填平，一排排房屋被拆倒，一幢幢楼房拔地而起……这一切似乎比马尔克斯笔下那个叫作马孔多的小镇，更为魔幻。在每个清晨，即便是在偏僻的乡下，挖掘机的轰鸣声依然会把我从睡梦中惊醒。

记得海德格尔说过，"诗人的天职就是还乡，还乡使故土成为亲近本源之处"。在一百多年后，还乡似乎成了一件困难的事。哪里还有自己的故乡？标准的红色楼房，严肃的红色标语……到处都是面貌相似的村庄，哪一个真正属于你？

相对于这日新月异的变化，我心中固守的那种"旧"，显然是不合时宜的。在犹如福克纳的家乡，那块邮票般大小的地方每天都上演着淬火般的浴火重生。那些捡钢筋头的人、搬运砖头的人、装修门窗的人、承包工程的人……他们各自都在这方土地上实践着自己的梦想。

谁也阻挡不了历史的进程。在这次轰轰烈烈的新农村的变异中，诗人何为？他们是否有能力书写当下，成了检验一个乡村诗人的试金石。

可在当下的众多诗歌里，充斥刊物的依然是田园牧歌式的乡村题材诗歌。我姑且不说那是一种假，但也真实地反映了诗写者，一种无力触及农村深层次问题的能力。对照这些诗歌，我常常检阅和反思自己的作品，怕它们跑偏方向。

我以一种睁开眼睛仔细观察的方式，来写作乡村题材诗歌，而不是闭上眼睛，想起从前在乡下的苦日子，然后在偌大的老板桌上，写下一首首饱含热泪的诗歌。

好在我依然还保持着与故乡耳鬓厮磨的关系。我在距离村庄二十多里的县城工作，有时在街上还会遇见打零工的乡亲。说到底，我还是一个没有离开故乡的土著民，只不过我的劳动在纸上，工具换成了一支秃笔。

隔三岔五，我就要回到村庄里转悠转悠，有时还要和母亲一起扛着锄头去田地里劳作。田地越来越少，劳作者也大都到了五六十岁以上的年纪。这土地迟早不是我们的，母亲似乎半信半疑。而村里的年轻人也一个个越走越远，这些土地以后到底是谁的呢？

我与这些土地的关系，若即若离。过分地美化和丑化，都是一种不真诚的体验。从内心里出发的感情，必须经过朴素这一关。

作为一个诗歌写作者，我眼里的村庄，我所居住的村庄，它终究会像古体诗一样消失在社会的进化之中。无论怎么惋惜，怎么感叹，都会无可奈何花落去。

可另一座新型的村庄，它一定会以另一种探索的形式出现。尽管，这一切看来似乎有些魔幻的色彩。Ⓩ

原创阵地
ORIGINAL SECTION

流泉　钟硕　纳兰　黄小培　髯子
于小蛮　马行　曹立光　吕小春秋　江浩
一江笑童　水边青艾　夜泊

去竹余

(外二首) 流泉

二月初的料峭中
草木，在酝酿新的暴动
一颗颗小芽苞
提前做好了准备
每一片过路的风，是它们签发的新款式的
请柬……邀约，在老式的
礼仪中，在随山势蜿蜒的鸟鸣声中
去竹余
老乡在田埂小憩，夕光下的泥瓦屋在山巅上
兀立……我们且行且看
不惊动流水
不惊动从身边灌木丛里偶尔蹿出的
三两只小松鼠

山上是寂静的
就像到达竹余村，整个村庄都湮没在一缕一缕的
炊烟中……只有看不见的远远近近的
几声狗吠，仿佛嗅到什么
这会儿，正与谁分享这突然到来的
少有的喜悦

旧 物

那些旧物
占据了整个墙角，似已被什么冷落
沉默着，一脸无辜状
它们中间，曾生长过羞涩和蓬勃
有不得不捂住的体温
……现在，一件一件，翻检它们
像一遍一遍打开自己
多少年了，该忘的都忘了
不该忘的，大部分也都忘了……一颗无用之心

再也承载不了太多烟尘
天太大了，心太小
装不下明月、冷霜，装不下从故土到异地的
清冽、陡峭……突然，自己便也
成了那旧物
——荒芜的样子，有瓦解的不牢靠
是不是？我就是一个
亟待清理之人

若此，有用的
尽管拿去，无用的，扔掉它

废 品

那么多信
没有一封是写给我的
在我看来
全是废品

——妻子这样对我说时
那收废品的老人已不知去向

突然感到无比忧伤
过去这么多年，一晃就不见了
那些惶惑、潮涌，那些蛰伏在蝴蝶翅膀下的轻
　柔和呢喃
……一晃，就不见了

现在
家中的一切
除了我，似乎都是不可丢弃的

如是

(外三首) 钟硕

她看见路边青草的低矮
它的荣耀，在于那反光的露珠
那顶端的短暂

这不为人知的晃动与晶莹
就要为她落下。黄昏至此
一切都圆满得全然没有依据
所有遥远处的事物
都迎向她，莫名弯曲

以野蒺藜的语调讲述

我迷恋过的山坡又绿了
一个词汇，一把钥匙
我忠实的老山羊
有着并不多余的平静
它专心吃草，偶尔望一下我
动作缓慢而随意
阳光如此透亮，为我们洒下万缕金丝
那一天我摘下过许多蒺藜花
满脸通红
不停地更换羊角辫上的彩绸
仿佛是为了一辈子的臭美
我担心羊膻味，一直心神不定
我的老山羊从来是个默契者
我东张西望时，它就去溪沟喝凉水

白云过顶

正午，波光明灭，如同花瓣流动
落叶在地上腐烂
我俩吃着它的果，细嚼慢咽
一会儿海阔天空，一会儿找不着话说
我们离开渠埂时，一朵闲云飘向远处
好像忽然听见地下的蚯蚓叫
我以为是我们已上天入地

以 为

风一寸一寸，吹热我
吹热这树林光亮的
那一面。黄昏将至
他在远处看见我
以为我孤单
或以为我自在。而风
吹过这树林，吹过我
只当我也是一种树的"习惯"
而树也无知：我体外有夕照
体内还有。众多无序的影子
以隐身术，寻找未名的主人

空山

(外三首) 纳兰

其实山空得已容不下一个人。
此中的真意
需用赤子之心，观乱石呈僧侣的形象。

肉身和词语，
究竟哪一粒麦子通往返青？

醉心于词语的空山，
渴慕新雨。

何妨在大地的生死簿上
勾掉名姓。

食 言

谁的良言，可当煎饼泡在寺门的一碗羊肉汤
　里？
啄木鸟
望着病树林，无从下口。
云雀却忘记
把一颗心从云的当铺里赎回。
红薯泥，鲤鱼焙面，杏仁茶，冰糖雪梨……
这些让我显得词语丰富，
却不足以让我内心富足。
我多么渴慕降龙木和接骨木身上的品性——
让龙降服，让碎骨得医治。
就像我此时此刻站在瑞应峰的脚下，
仿佛按照指示牌抵达了琉璃光。

卜 辞

钢筋水泥的时代
不宜倾听鸟鸣口中的
雪。
草民从榆树身上借贷，偿还空山的债务。
竹筒里
碰撞的竹签
是思想的刀枪在缴获自由的棍棒。
没有任何一个当下说出的预言
可以反身
再指向当下。

钓 雪

不过是钨丝之心藏匿于肉身的灯泡。
不过是伸长了耳朵倾听
闪电。
这一生别无所长，
无非是渴慕琉璃之身和般若智慧。
不比一千朵蝴蝶和七滴蚂蚁占有更多的土地和海水
但渴慕轻和小。
这树枝和堤岸绵长辽远
我还没有让羽翼在语义里
垂钓。
也没有精通障眼和炼金的法术。

欢乐颂

(外三首) 黄小培

这是个欢乐的早晨。阳光越过妻子的眉毛,
照着她的小样儿,
也照着她头发上蓬乱的生活。
我知道新的一天开始了,
美好总是这样,一开始就富有光芒。

在深夜突然醒来

在深夜突然醒来,就像坐在梦里,
周围是虚拟的事物,寂静替换了空气。
夜间的风有穿透一切的力量,
它们从掌声里灯光里灰烬里赶来,
还要穿越这漫长的一生。
我穿破的鞋子,走过的路,干过的好事坏事,
跟生活中一再倒退的群山一起退到了暗处。
想起那些说了再见再也不见的人真的被时间消
　化,
想起死去的亲人,他们的身体长出了青草,开出
　了野花,
在辽阔的土地上。
想起一切浮现出他们身影的事物
从爱里来,又在爱里死去。如刀锋走过。

美是用来践踏的

流水被我们用脏,爱被消耗。
一切美好的事物都该被践踏。
牛羊嘴里的青草,小鸟啄破的露珠,
情人手中的鲜花……
它们在另一种美里牺牲了自己,
仿佛有神在,神的默许让它们的美有用。
美是用来践踏的,否则就是浪费,
我确信,一定有一些美纠正过邪恶的眼神
和有罪的手,在雾起的时候拽住人心。

突然之间

风经过树时,带来一阵子的激动。
在这个啤酒可以释怀的夜晚,
我坐在你们中间,
像院子里坐在枝头上的木瓜或石榴。
时间松开了它缠绕的藤蔓。
许多个夜晚,
夜晚的轻风、虫鸣都虚度过你。
多数时候,我被虚构在忙碌的人群中,
只是觉得苍茫,
它消隐的细节盛满了露水。
当又一阵风吹来,
我突然爱上了那些日渐倦老的面容。

薄暮

（外二首） 髯子

薄暮，把一颗西瓜切开，可以品尝到
落日的味道
薄暮，把一口钟切开，时间的两只耳朵
收回了飘远的钟声
薄暮，把一只麻雀切开，飞翔变小
一半跟着另一半叫，一半带着另一半逃亡
薄暮，把一粒柿子切开
它象征的大红灯笼，随之一分为二
左面是男人的赤壁，右面是女人的赤壁

薄暮，把孤独切开
你走了，我打着伞，独撑两个人的夜空
薄暮，是一层窗户纸，一指捅破
我睁一只眼闭一只眼看——
小镇，半明半暗
我的双目，两败俱伤

爱情史记

借他受刑的上午或下午
蓄潮汐，养波涛，借他的耻辱
为火种秧苗，给生命注入必要的滞涩感
借他的痛苦，让酒清醒，给水解噩梦
借他的后遗症，弯腰、低头
在脚印上寻找被省略的过去、远方

借他每个夜晚的失败、愧疚、自卑
借他抱残守缺的后半生
为孤独服苦役
借他墨迹初干的《史记》
借《史记》里霸王别姬的动人场景

对你说：这里曾洒满残阳的鲜血，是爱情的赤道
我们水火相容吧

水结冰的时候

水结冰的时候
你面前的水池，是我的潜意识

远望，目光弥合了
眼镜的裂痕，台灯骚首回眸
内心的破绽，要以外表修复
桌面上，玻璃的神情坚硬如冰
压在下面的几张合影，笑容里暗含波澜
失手的茶杯，咔嚓声严丝合缝
而茶水碎成白天潮湿的暗影
平静，再次打破——
鱼缸里波涛汹涌，两条金鱼
像溺水的两个惊恐的灵魂，空调吹着暖风
善意地调解，电视屏上：
貂蝉的美人计、离间计使一对父子
刚变成情敌，身为天子的男人
心里的冷
没有一片天空能够表现出来

水结冰的时候
镜子容纳了我
看着镜外自己的原型失魂落魄，我感到
爱上你
一个我不够
两个我仍气喘吁吁

无 执

（组诗）　于小蛮

是喜悦

是一枚青涩的浆果躲在叶后
旺盛而分泌。是汁液汩汩的冷夏
人们倾巢出动，整理腰肢
和蜘蛛一起吐丝结网。我在这样的夏天
游水嬉戏。脸色像西班牙人一样镇静
悄悄地开花和若无其事。

无 执

穿过树林时我幸福得
闭上眼睛
树上一万只金铃铛
开始摇晃
风吹过它们——
金粒子洒下来
落在我的头发上
我现在衰老得一幸福就开始哭了
有人想让我们都变成化石
我不会上当
看，我仍有这么多伤口。

提货单

风、蚂蚁、先打开的桃花、最肥壮的油菜花
水芹、柳树、做过外科手术的植物
休长假的蟑螂、不会卷动的舌头和柔软的白牙齿
蜂窝煤及烧得发红的铁器。女孩子站要站得凌厉

这些最迟下午送到

丛生白色彼岸花的小岛

我们看不见的地方
有一个小岛
生长白色的彼岸花
天鹅羽一般柔软
我们看不见的地方并不因为
我们看不见
就不存在
它一直安静地在那儿栖息
静静地开花

薰衣草

有关春天的气息
碎花的棉布连衣裙和白色的牙边
白色的袜子
水蜜桃的脸颊和汗水
草丛在倒立
我和你
在白云上飞行

荒 凉

在细雨里的南国植物，安静的草场和校园大门
我坐在台阶上和你们一起沉默下去
黄昏之后那些浮华躲在灰尘的深处不再轻举妄动
我们就这样坐到天亮——用身体盛满星星

青海草原上

（外三首）马行

那么高那么远的草原上，只有那一个小院
梯子竖着
土墙下，停着一辆木板车
那是大朵的格桑花，在青海西，再次盛开

那小院，看上去
多么眼熟，仿佛很多个很多个世纪以前
有一个人把院门打开
等，等我此刻
再回来

那曲草原：一朵淡黄小花

我看到它了，看到它也太小了
它看到我了吗，知道我在想什么吗

牧人已回返
牛羊已回返
黑压压的乌云，正在压过来

它看到乌云了吗，知道无边无际的乌云
从哪儿来吗

此刻，我冷，我想逃离草原，想回那曲城里喝杯
　热茶
它会不会已经猜到——
我的想法

望去，但见几片小花瓣
略有颤抖

勘探队旧址

不见卡车，不见油罐，不见职工楼
只见一些小麻雀
落在瓦砾之上

有那么几只，蹦蹦跳跳，仿佛不是小麻雀
而是当年勘探队员熟悉的身影

这勘探队旧址，这春光多明媚。它们好像在寻找
　什么
也好像在等待

恍恍惚惚，中间一只，让我想起山城重庆
以及一个坏脾气的女资料员

另一只稍远点儿，那神情，极像陪我坐在操场台
　阶上吃苹果的
音乐教师张晓菲

石头记

是你挨着青海玉珠峰呢，还是青海玉珠峰挨着
　你？

请看，你身上万年的阳光
你的天生丽质
你的等待，也许不是一块石头

也许你就是青海玉珠峰的小妹
也许整个青海高原的灵魂，就是你此刻的温润、
　通透，就是你身形的小

我把你捡起，带在身边
你的千年孤独当了我的向导
陪我出昆仑
进柴达木

我回山东
你也跟着回山东
如今，俗世多喧。惟有你

简静，单薄
略显羞涩

五马沙陀

(外三首) 曹立光

天阴上来的时候,风湿的太阳
刚好把它的瘸腿缩回马兰花的花房

那么多的羊草、野古草、隐子草、贝加尔针茅
那么多的草原鼠、黄鼠狼、狐狸、狼獾

流浪者的家园,穷光棍的俱乐部
一瓶烈酒中扬出的沙砾堆起一个王朝的流水和
　　落花

在一个晴朗的中午,我在你的梦中走过
那拴下自己灵魂的马桩,我带不走

望不到边际的荒野

望不到边际的荒野披着重孝
车轮溅起的雪沫儿像惊飞的麻雀
"呼"一声旋过车头又落到远处的柴火垛

骨折的电线杆仰躺在乡村公路右侧
手提灯笼,脸被风吹成麻土豆的那个男孩
他滴溜溜的眼睛往我身后望了望

一枚卷刀的太阳挂在杨树枝头
送葬的队伍模糊了我途经的村庄
和我使劲咽下的……哀伤

招魂的歌

挥舞镰刀的秋风席卷而去
被割去头颅的向日葵
光秃秃脖颈流着残阳的血

顺水而下的朽木唱着一首招魂的歌

斜靠柴火垛打盹的破自行车
它瞬间的鼾声和突然的惊醒
让天堂和地狱的链条刚刚咬合,便分开

冬天。黑土苍茫

风被黄叶割去头颅
冲锋的灰尘在光阴的睾丸上
呐喊自由
阳光甚至来不及看到雨水的尸体
冬天。黑土苍茫

一群蚂蚁,搬空野罂粟的粮仓
一片蒿草,拆出骨头里一望无际的青涩
一条河流,归还给大地永生的澄澈
一座青山,消减心中不动的欢乐
大雪中的纳葛里,真实地活着

离天最近的海东青,它孤独
静默在两万米的高空,像一块历史的抹布

我相信

（外三首）吕小春秋

我相信你体内的灯盏
相信爱，悲悯，一切卑微的事物
相信凛冽和寒冷，也有迂回的温暖
相信深雪之下，掩埋的种子
相信我死之后，你必深深
深深怀念，像那高山上
皑皑的白雪

短暂的事物

叶尖上的露珠。
怒放的花。
果盘里颜色鲜艳的一只苹果。
野地上奔跑的一头麋鹿。
蚂蚁，幼蝉，蝶，火红的灯笼……
哦，太多了
冬风也许长久一些，它横扫一切。
那也不一定，春天就很擅长收拾它。
也许，一首不起眼的诗歌更长久一些。
也许，爱情变个脸继续被人滥用活着。
也许，打败一切的灰尘，终究活得比所有事物长久？

清 晨

我感到美好和喜悦，
当鸟儿在窗外唱响。
有时是细雨。
有时是斜斜的初阳的光照。
有时，窗玻璃上凝结着冰花。
如果闭上眼睛，绿色的草地会飞奔过来
洁白的羊群会飞奔过来。
但也有些时候，阴霾遮蔽了天空。
而我仍然是欢喜的。
我曾渴望获得的力量
正在我体内蓬勃。

荒废论

四月荒废了，很快就是五月
六月，七月，
八九月，十一二月。
一个声音说：没错，万顷黄金都是用来荒废的。
一个声音说：不，应当从黄金中提取永恒之物。

苔藓

(外三首) 江浩

森林里的苔藓
在等一场雨。如我的枯寂
在等待饱满的翠绿
若上天有诚意
雨,来得柔一些,细小一些
叶与茎圈出的怀抱,足够
接纳馈赠。我要的不多
有时,茎叶上的水珠随时
会跌落。如恩赐被瞬间收回
在低处是件危险的事
伴随着诅咒
"别弄脏我的鞋"

昆山印象

夜幕如伞。昏暗路灯似撑开的伞骨
手执巨伞之人,是不惧怕风雨的

长江路是脊梁。贯通肋骨般的朝阳路
新阳街,前进路,萧林路,震川西路…
条条可通罗马?此刻,我像只蚂蚁,爬行在剔了
　　肉
的鱼骨上

压路机反复碾压着沥青,像滚过刚出炉的血
城市广场宽如胸怀
二十一层的庙堂之塔刺向黑幕。听说
新主人自西边来,不知是否带来了经书

生存法则

无肺螈螺是水做的
此处,我不把它比喻成女人
它的皮肤湿润得难以置信
但不去靠近池塘,水洼和溪流
像我,不能贪恋你的温柔
过于温柔的事伴着危险
它的断尾在不远处拍打
像我忍痛躲避的诱惑和敌意
它不厌其烦穿梭于地上地下
平衡着我的体温
哦!这水做的
乐此不疲的男人

神秘的力量

有一种力量要迸发
在石块底下,在人心深处
我曾窥探过小草
发现它非凡的意志和倔强
从层层的重负中寻找阳光
生活给了我们辛劳,困惑,磨难
甚至死亡
我们避让,推诿。嘲笑或自我否定
渴望在春风里摇曳风姿
但我们必须像小草一样
同时积蓄向下和向上的力量
像岩浆一样喷发出来

遗嘱

(外二首) 一江

我死后,一定要给我换上
那条曳地长裙,还有高跟鞋

这么多年,怕她们笑你矮
我一直不敢穿

生活在别处

怀抱钓竿的人
比湖水更安静
对面长椅上的男人
一直在抽烟

也许他刚从家里出来
并不想回去
他有黑色的打火机和红色的烟盒
他有轻雾和灰烬

我带着老树的《在江湖》
打算在湖边消磨整个下午
书的扉页上写着——
理想国
想象另一种可能

我想写一首诗给你
可我们从未谋面
也许你喜欢铁观音
而我喜欢绿茶
也许你喜欢牛肉的劲道
而我喜欢汤圆的软糯

起风了,你在给吊兰浇水吗
我想起自己晾晒在楼顶的床单
不知是否
吸尽了温暖

三 哥

煎南瓜饼,挖鱼腥草和地米菜
半夜背着电瓶去小河沟打鱼的三哥

躲在楼梯间吓唬我们,在楼下大声喊我
故意出错扑克牌,被我们批评也不生气的三哥

给我修换气扇,磨刀,挑水
出太阳却叫下雨了,骗我下楼收衣服的三哥

乡下的别墅建了一半,被车子削去了半边脑袋
躺在重症监护室已经二十天的三哥

不知道这次会不会照旧
当我背过身去抹泪,却偷偷地睁开眼睛的三哥

果园里已有

(外三首) 笑童

傍晚时分，一颗走动的果子树
扮成父亲的样子，沿着栅栏，捉虫如挑刺

更多的果树，还没来得及开花
多么危险，它们过于袒露——

等暖风吹过来，就会有，满园子兄弟
陪他寡言。陪他一起，头顶白发

日落后微弱的光芒，年复一年
书写春风既往史。果子青青，像新人辈出

大雾弥散

白雾如尘世袖口宽大
白雾借道路断送行人。它已辜负
所有的路，包括绝路——

逆行之人，缩着脖颈。估计有刀痕
他拖着蛇皮袋，像死里逃生
又像被人挟持。但他忍着
惟有忍，能给薄凉的尘世致命一击？

大雾正设法自证清白
然而不必了。在雾中，久了
早已认定，世间混沌才是造物的初衷

尘世外

儿子被推进手术室。这一次
她异常镇定，像穷尽山水终于看见小庙

三十多岁的母亲，仿佛落魄菩萨
因为倚着白壁，背后发出微弱光芒——

看 山

照理，我该看山不是山啊
可眼前横卧的
分明是山无疑

草木理直气壮，鸟雀名正言顺
这小土堆的放大版
嗯，不要气馁

我安慰它，
尘世有简陋之美——

群山环抱我。给我轻微一击
仿佛中年
一蹴而就

黄花

（外三首） 水边青艾

今夜，我特别想念黄花。不分属科，不具名姓
想起这些雨中开放的故交
将可能错过下一个雨季
我知道在秋天，还会遇到一些
让我心悸的亲人，比如小山菊
它们将以中药的名号，契入我的下半生
我曾经呼喊的黄花，像亲亲的妹子
在五月的雨水里沐浴
像上了黄釉的瓷娃娃
一碰，就会碎
我曾小心翼翼地，把一簇金鸡菊，把声声叹息
移植到窗台，移植到靠近月光和心脏的地方
风一吹，就到了我梦里

黄花主义

我爱黄花，这只是我一个人的事
我与它耳语
在林间空地，阡陌田埂，甚至悬崖陡壁，贴近它
如初恋的人，说一些只有青草
能听得懂的语言
我以蚂蚁那么小的步幅
绕过河床，穿越苇滩，接近黄花
接近金碧辉煌的官殿
那里面豢养着安静的小兽
端坐着我的君王
我愿意供奉上
僻静的山涧，他年的光阴
举起黄花主义的旗
创立只属于我一个人的宗教
然后，天天膜拜，天天祷告，天天祈愿

说不定，哪一朵黄花，就是我还魂的母亲

黄花黄

我在江湖行走，黄花是我的暗器
我在尘世里演出
黄花是我在雨中念出的惟一台词
我来到人间，找一盏灯笼，黄花
是我找到的最明亮的眼睛
我理应在年轻的风里，遇到那么一朵
娇羞，在我的骨髓里
栽培上那么一朵
高贵，在中年的叹息里
痛惜那么一朵寂寞
而事实上，我遇到黄花
已夜深人静，雨水倒映着黄花
淹没了过往的雁阵，人间正流行白狐
不再提及青草青，黄花黄

黄花正浓

六月的雨水里，我对着旷野
喊一声，妹妹
潮湿的黄花是你芬芳的乳名

我喊一声，亲亲的黄花
一地的横陈让我手足无措

迎风而瘦的你，点缀了田野的边边角角
你不是粮食，却喂饱了仲夏的雨滴

一个人在街头

（外二首）夜泊

一个人走和一群人走是不一样的
脚下没有故乡
大地，河流，天空
鞋子和任何一种
都会摩擦出崭新的空气

一个人的时候
喜悦可以是三克，忧伤可以是五两
寒潮可以和暖流相拥

忍受任何一股风吹
月亮和星星
是黑夜的梯子
是路灯联系了多年的情人

我要是走得再快一点
一些枪
会找不到靶子

广场上

一缕缕阳光，升起在雾气未尽的潮湿里
露水散尽，草木赤裸着身子

几个老人，和他们的孙子
陆续而至
孩子们蹬着车子
嬉笑声掀翻了整个冬天
老人坐在排凳上
小心翼翼晾出冬天藏起的骨头

广场是一个圆
孩子与老人的距离是半径
老人数着的自己
是面积
隔着的自己
是周长

母 亲

我不知道
当年在你子宫酣睡时
你有没有想过
"我的孩子将会是一个怎样的人啊"

母亲
二十五年过去了
我没有循二十五年前
你设定好的路子

我曾怨恨你
为何要把我生下来
为何要给我一个
忧郁的性子
为何要让我
成为另一个母亲

我不想看到一些麻花辫
歪歪斜斜从你的肚子上长出来
我知道多年后
它们会
整齐地挪到我身上

实力诗人
STRENGTH POET

李元胜
弓车
姜桦
王琪
张德明
刘素珍
吴素贞
唐益红
残雪消融
风言
龚学敏

李元胜的诗

LI YUAN SHENG

独居者

什么地方，有人挥动斧头
在砍着什么
声音一直传到你居住的城市

公共场合，你竭力保持平静
说话表达吞吞吐吐
空中布满了，你的弯弯曲曲

你是自己的囚徒
你赖在里面，假装自己没有钥匙
假装门口站着狡猾的狱警

你的眼里确实有一些伤痕
这不是所有人的过错
你惟一不恨的人
在遥远的房间里，正挥动斧头

一条河

有过这样一条河
有一天，不可思议的
我看见它在我的头顶流着
转眼，又杳无踪迹

我翻遍了自己的所有裤袋
我敲着无聊的罐头
隔着铁皮，大河啊大河
沙丁鱼和我都有几分郁闷

许多年后
我仍搁浅在
喝得一干二净的酒杯里

静　夜

有时，我和世界隔着一层玻璃
有时，又像被握在谁的手中
有时，在墙的某条裂缝里
还好，总之很安全

生活夹在笔记本里
封面悄悄合上
风已不能进来
羽毛样轻柔的声音
也不能进来

在一页与另一页之间
已有了很多山水

百年落叶，还在缓缓下落
百年之树，还支撑着一幅巨画
年复一年，时光只不过
模仿着一道陈旧的伤口

手的生活

接触过火焰与阴影
又抽身退出秋天
自己就是经验和道理
灯光下，不少事情深陷其间

学会过矜持
最终又厌倦自己的聪明

在人前躲躲闪闪
像一种果实,无枝可栖

在自己的纹路里察看天色
早年抽向他人的耳光
在万木中行走,越来越远

它敏感而又宽容
像我的一位朋友
但上面没有我的落脚之处

方　式

下棋,落子的样子很轻松
笑容里有一口陷阱

补充一句话
抽掉前面的某些意思
我们多么爱这种小心的游戏

不同的人
在不同的事件中匆匆赶路
每张脸都足够我研究一生

站在郊外的桥上
办公室里的脚步声
一直传到我耳边

有人在上游栽进河里
我拉开抽屉
看到很多进口和出口

秋

许多名字,从烟斗中陆续飘走
最终枝头空空

年复一年,我在各种方言里
寻找另一个我
手指,落在另一个城市

我的经历

被一块石头阻挡过
至今仍有断续的隐痛

一切落在纸上
又一年,被文字固定
我们还在行走
继续想不起出生之地

给

几十年里,你从一张纸上飘过
没有超过什么,也没被什么挽留
你停留在平凡的枝头上
不知道自己就是全部奇迹

在世界磨破的地方,看到本质
你听见钟声,在果实深处
你从木头中取出火

唇上,有爱情压过的痕迹
人间令人疼爱的琐碎
这样的气候里,窗内外
你钟爱的一切正在死去
有没有可能留住它们
就像把园子里的那根上扬的枝条
使劲向下扳住

临　水

小镇的根系,浸在水中
昨夜,又有木船划出体外

我在城里粗糙的枝干上
辨认出你的光泽
以及你在杯壁留下的痕迹
南方或北方,每一朵花都通向你

你无处不在,千变万化的表面
和时间有相同的纹路
你无拘无束唱歌
不知道是否在河床上
但肯定,在一切制度之外

在秋天，所有生命犹疑不定
因为远离你
我会转眼之间遍地黄叶。

哦，水

山 中

落到你的身上，脚步很轻
总怕惊起什么

住在蝴蝶的翅膀上，你那么安闲
溪水牵着远近的村落
在树叶上，你脉络分明

你那么安闲
两三只水鸟在池边洗脚

你那么亲切，和我来自同一个源头
又出现在每一块石头里

没有什么能打搅你的内心
晚上倚栏看鸟归来
无数只手伸进树林

室内的旅行

左心室里，有一个铜匠在远处击打
右边锁住了飞鸟

突如其来的，没有理由
仍然是季节的安排

鸟得到天空，鱼回到河流
那一刻，它们似乎都不在万物的掌握之中

听众在椅子上，茶在壶中
人类在书的影子里
过失在你身上
安排得如此巧妙，无可挑剔

南唐后主

那一年
他离开空气、故国和爱人
到纸去生活

两只鸟落在地上
那一年是虚无的口袋
他喃喃自语的嘴唇
连着远去的白昼

他的眼睛被取走
换上诗歌
阴暗的翅膀

那一年
栏杆外面
女人们奔跑在自己宽大的衣袖之上

弓车 的诗
GONG CHE

关于音乐、风和我的舌头

请
把风放在我的舌头上
狂风，朔风，夏风
暴烈的风，微风，春风
飓风，和风
还有被雷电扶持的风
被蝴蝶媚惑的风
就像把风放在玉米、高粱的叶子上
放在苹果树、榆树的叶子上
放在草叶上
那些绿色的长长短短、宽宽窄窄的舌头

对
就让我的舌头
吟出、唱出玉米的心事
高粱的恋爱史
榆树的烦恼、野草的童话
豇豆与丝瓜的争吵
渐渐地
让我忘掉人类的语言

我的哲学

我的哲学说严谨很严谨
它需要循着24节气，一步一步地走
该生时生，该死时绝不拖延，且含着微笑

我的哲学同时也很简单、粗陋
随风偃仰，任牛羊践踏、车碾人踩
给点阳光即可，却又不屑去赞美

我的哲学看起来颇为深奥呢
它隐身在暗处，不接受风雨阳光的洗礼
不看世间的路标，静静地感知大地的脉搏

我的哲学其实很是肤浅
不计后果，不听其他哲人的劝告
该吃时吃，该歌时歌，死了就地裸葬

我的哲学一点也不成体系
有时汹涌澎湃，有时干涩枯竭，不成章法
从不站立，只是俯下身去，向下，向低

你看，我的哲学其实就是庄稼的哲学
就是野草、蚯蚓、蚱蜢以及河流的哲学
这没有办法，我的眼界就是这么窄
窄到西河村头一个稻草人的视野

负　担

我先看到麦子，在春天
开始为自己负重
到夏日的中途俯下身来
然后就是玉米、高粱们了，在秋日里
满怀黄金和宝石
激起我想做一名炼金术士的欲望
大豆将翡翠紧紧抱在怀里
花生、地瓜则把灵魂的重藏在地下
哦，这些，都是多么徒劳无功！
还有树木，它们累累的果实
让自己垂下头
让我仰面就看到或甜或涩的思想
在负担之下，由成熟而灭亡

我还看到了河流，不舍昼夜地
卸却前世与今生
云朵卸却泪滴与肉中的针刺
我，用笔尖卸却生命里的尘与土
我想让这个世界，减轻147斤的重量
或曰负担

赞美诗

你们可看到了
我这——扬起的手臂：
冬季是遍野小麦的叶片
春夏秋就是玉米、高粱宽大的手掌
还有心形的棉花、卵状的花生
绿的，向天的
你们可看到了我的歌喉：
微启的，敞开的
从腊梅开始，到九月菊结束
这期间有玫瑰，马兰，大丽和紫薇
此起彼伏，更迭着音律
而深情不变
你们可看到了
这些原来是我的泪滴：
桃杏，葡萄，梨，这些常见的物象
茄子、黄瓜、豇豆自然也是
这凝结的泪滴，请不要轻易揩拭

我的过去式

他是多么不堪呀：
没有学会鸟的语言
听不懂河流与大海的寓意
翻译不了庄稼的密码
草木与他形同路人
远方的山，看了他一眼，就掉转了头
蝴蝶来了，他竟然没骑上去
错失了抵达梦境的单程旅行

他是多么幸福呀：
没有学会人类的语言
听不懂车流与人海的寓意
翻译不了钢铁森林的密码
城市与他形同路人
眼前的幢幢大楼，看了他一眼，就掉转了头
时代列车来了，他竟然没有乘上去
错失了抵达现实的单程旅行

更改是无从更改了
我的书页已经泛黄、发脆
稍一触动，一半碎成烟尘落地
一半化为蝴蝶飞走

我起誓

我起誓：
我全心全意地爱着你
我凝望着你的眼神是无比热诚的
这点，你可以轻易看出
你有那么多只排列在一起的火眼金睛
我送给你的吻好似上帝最初的果实
我的拥抱纯真无邪
我起誓：
我毫无保留地把不会对人讲的话
全部说给你听，实际上是倾诉给了你

你不要将信将疑，玉米
好吧，我还真有一件事没有告诉你：
我同时还爱着棉花、高粱、地瓜
以及大豆，睡在豆荚里的公主
双胞胎、四胞胎
还爱着桑树、榆树、紫穗槐
爱着小蓟、马齿苋这些野草野菜野花
无禾不美，无草不媚，她们让我
情难自抑同时又心如止水
于是我就频频出轨，用情不一
这是我一生最后的秘密，我起誓！

我还能去哪里呢?

我没有翅膀，不能像鸟儿那般
从这片森林飞到那片平原
我也不是一片云
被风吹动着，不知所之
在这个世间呀，我的地址早已

被几个数字锁死
我连一只蚕也不是
无法将自己吐出来
变成丝,化为绸
更重要的是我已没有了雄心
更没有了壮志,甘于平庸
是呀,除了像疯子那样
在大地之上,骑着一匹秋风的瘦马
捡拾一颗颗破碎的心
或者像诗人那样
在南宋的残山剩水
和爱的天国之间穿梭
或者像傻子那般
从一棵草前走到另一棵树下
再从一株庄稼走往另一株庄稼
在24节气里循环往复
我还能去哪里呢?

明天见

明天见,风,明天,我要你更猛烈些
要你携来雨滴,或者大如席的雪花
裹挟着闪电与雷鸣
我不要你起于青苹之末
我要你咬破滔天巨浪,让我闻到大河的
血腥味。明天,我要你将太阳从六点一下子
吹到八点,让我听到时光扭曲的声音
明天见,风,明天你要脱下长袍
赤身裸体地疾跑,正像疯了的屈原
我要你从战国一路狂奔而来
在宋朝,南宋,稍作停留
将我的白娘子从宋词里唤醒
将她劫持到我身旁,这宇宙的中心
这世界的最边缘

明天呀,风,我要你一步跨过我的鲁西大平原
二步踏上我的玉米地、棉田
三步跃过我的西河、我的西河村
然后从我肋骨穿过,发出吼叫声,如荒原狼
把树摧折,把我诗里大如斗的沙砾吹出
更有我身体里的神经,一一吹出
只留下疾病,那爱的疾患

一缕调皮的春风

她拍了三下杏花的门,杏花没有理睬
就闯进桃花的闺房,抢走了一千把梳子

给青青麦苗梳理了一遍,厌倦了
跳到地头的桑树上,将汉朝的秦罗敷吵醒

随之到我西河去洗手,啪的一拍水面
水面的云彩和太阳碎了,溅我一身

她不管不顾,抽身去偷听一棵野蓟的心事
告诉了油菜花,遍野的油菜咬起了耳朵

忽地恼了,左手拽住蚱蜢的腿,右手
将刚刚会飞的蝴蝶推了一个趔趄

她是正在恋爱吧?扭身从蛛网上穿过
追她的一片梨花一头撞上去,动弹不得

趁我不备,她一伸手,将我的心闸打开
我千万颗心就倾洒而出,遍地滚动

一直倾洒到四十年后的今天,我才绝望地意识到
无法回收,无法拾起,没有人要,只有大地

姜桦 的诗

JIANG HUA

桃花劫

桃花脸孔狭长，一块刀疤
被一阵阵冷风，移开，吹散
三月张开嘴巴，吐出柳条和树枝
吐出湖滨，流星雨，嶙峋的大石头

吐出水边油菜花滑腻的倒影
吐出白发、被遗忘的爱的词根
吐出流水封锁的幽蓝火焰，吐出
深埋在心底的罪与罚、善与恶

那些花朵，那些碎裂的忧愁哀怨
谁能够站出来，说自己是主角
留在玻璃镜子前的口红和假睫毛
那原罪、血和邪恶，又将被谁认领？

天黑下来，月光在树枝上移动
站在这里，抬头仰望一树桃花
春风微微晃动着寂寥怅惘的天空
一个人，哭喊着要摇醒另一个人

那不得不接受的又一次煎熬
那不得不开始的又一段跋涉
一个抓不住的云彩破碎的春天
我眼染旧疾，桃花的脸摇晃不定

酥梨花

断刀割破的舌头在早春的梨园里，吻火
苍老的脸庞留着雨水的反光
我就是那个在枯枝底下
说着胡话的人

半天一句，半天一句
这句说完了，下一句还没有着落
三月的下午，天空滴着仓促的雨水
梨树的花瓣一吹就灭

早春料峭的风中，一排树枝断裂
我，那在花枝下不停说胡话的人
火焰舔过雨水，酥梨花，酥梨花
一张张皲裂的嘴巴，开口
读出那封寄往春天的密信

春天的海

我面对的大海是墨绿色的
那堆积如山的水杉和栾树的枝条
早晨的太阳下，天地空出来
逆光的海面铺满结实的草籽
春天，正萌生出嫩芽

半蹲在滩涂的苦楝和紫穗槐
那只飞鸟的翅膀只打开一半
油菜花和蚕豆花黄绿相间
顺着风，那浓郁的香气
一直被推送到海的最前端

那露珠在天空飞舞成星星
雨点在沙地上溅成一只只酒盅
被压了整整一个冬天，那雾霾
被绝望的天空彻底咳出来
返青的芦苇丛注满了水汽

一个人，一片墨绿色的大海

我在黄昏之前就已占好了位置
月光，领着一株去年的向日葵
星光下，那顶破旧的草帽
波浪，疾速旋转起来

抓住桔梗、川贝和蓖麻种子
张开一张掉光了牙齿的嘴巴
手指按着没读完的诗集
抬首，漫天星光错落
低头，双手布满鱼鳞

离 开

离开三月，离开桃花、杏花、梨花
离开那些金钱盏、野茅针、紫地丁
春风还没完全到来，那片油菜花
就呼啦啦地黄出去了

离开一个人，她的身体、气息和灵魂
离开紫海棠，一片花瓣转动的吻
那株玉兰刚刚转身，就已经
用雨水敷着自己的嘴唇

离开童年、水车、村头石磨和田埂
离开阵阵蛙鸣叫醒的夜晚和清晨
生长齐整的麦地又被挖开一截
早年的亲人，都已经不在

离开故乡，那些方言和俚俗
离开近亲远眷、百感交集的家族史
将那些石头埋得深些、再深些
一座座碑，仅仅留着姓氏

这样我便是空的，便可以彻底地走了
在秋风落日的大海边，回忆那些浪花
那月亮、星辰、那一道一道的伤口
那岁月拔不出的倒刺——哦！那疼！

雨

看起来，春雨总是漫不经心
而它确实是有一些想法的
下，还是不下？什么时候
开始，又在哪里——结束？

从南方，到北方，从杏林桃林到梨园苹果园
从三月低垂的柳堤，到四月的青青麦地
雨一边走一边安静地调整变换着姿势和速度
一大片一大片开着紫云英和油菜花的田埂
跟着那一群吵吵嚷嚷五颜六色的孩子
一大早就开始的雨，一直下着
不声张，不嬉闹，不纠缠

现在，雨来到了一面倾斜的小山坡
一群人，正在樱花谷里踏青、唱歌
将所有的快乐都留在这小树林
花瓣纷纷碎落，所有的人
衣衫和头发都是湿的

那雨，不停地下着，下着
一路下过一张张热气腾腾的脸庞
只是到了她，留下嘴唇、鼻子、眼睛
雨，只下到整齐的刘海
和她春风明亮的前额

旧年流水

草从二月就开始疯长
春花生发，雨水高出半个湖面

我在湖边走着
追着沿河生长的芦苇
三月，叶子还是枯的，根是活的
一堆石头顺着山坡滚动
枇杷树刚好绿到一半

樱花、油菜花
大叶兰花、苜蓿花
风吹出苦楝树紫色的眼泪
子夜，坚硬的玉兰白在窗前
这些封棺材的钉子
始终没能捉住天空
小鸟的嘴

从湖滨到河岸

从山脚到水边
铺满一地的暗紫色的影子
一年中认真做过的两件事
爱,或者,被——爱

不留下半点忧伤

每天,跟着林间的鸟儿一起醒来
如果你清醒地意识到自己还活着
让窗外的光线照过脸庞和牙齿
你一定要对着镜子再笑一次

用清脆的鸟鸣给远方发一条短信
用滚动的露珠,清洗爱人的眼睛
道一声"早安!"也一定是为大地祝福
你依旧像昨天,固执地爱着这个世界

你会带着微笑,走过那熟悉的街道
一处小水洼,倒映那月光下的台阶
一件事,做完了还远远不够
突然的奔跑,一双脚步,比春风还轻

晚上,一直到深夜,你躺在床上
将那过去的人和事,重新梳理一遍
那曾经欺凌和辱骂过你的,在梦里
也一定努力让他们成为你的朋友

花朵亲近着蜜蜂,阳光亲近着湖水
用一首诗歌亲近一张渐渐苍老的脸
活着,爱着,生命走到最后
一颗心,如此干净,安静

不留下半点的忧伤……

沉 迷

沉迷于春天。一大片樱花
落在一个人狭窄的肩头
四月紫藤摇荡的风中
一树柳枝弯向湖水

沉迷于蚕豆花的大眼睛和豌豆花那
薄薄的嘴唇。一嘟噜一嘟噜,你的
一番话说得人胸腔都要爆了
更遥远的地方,黄金的田野压了过来

沉迷于蝌蚪小蜜蜂、清风草木
那泡桐和苦楝树的紫色花穗
一大片油菜地、野麦地
四月末的田野青黄相接

一场雨,领着硕大的牡丹
直接开上脆而不折的枯枝
一群即将远去的丹顶鹤
宽大干净的翅膀排列整齐
在它们离去的地方
布谷鸟在等着试音

那条堆满春风的苜蓿园和莴苣地
一只黄嘴小鸟飞起来便再无踪影
多年以后,我一直记得
你那阔大裤脚分开的
野蔷薇盛开的海滨小路

王琪 的诗
WANG QI

葫芦河：十月诗篇

不用邀请，十月到了，要去就去葫芦河
六盘山在左，华家岭在右
那个风尘仆仆的人
不是西兰路上的陌生人
无须谁引路，径直往前，你就能看到一棵旱柳
指给你的，是一片胡麻地

云朵携走荒芜
梁峁上剩下啃食的牛羊
玉米林婆娑着传递出久远的风声
无法命名的爱情
跟随一条河的流向，开满村落以远

钻天杨笔直，花椒树旺盛
葫芦河流域的庄稼，收成一年好于一年
这秋天里的事，虚幻又真实
装在午后的镜头里，等你摁下快门

到了十月，如果你在葫芦河一带漫游
遇见野丁香、湖泊或大峡谷
请莫要惊诧
遇见它们，就像看到自己
前世的影子，匍匐于陇东大地

只有山高

日子一寸一寸凉了起来
从此山腰，到彼山头
没有什么可以阻挡得了
一阵旋风，如此轻易，让一双蹒跚的步履

迷失于一处深谷

梦没有老去，人已先衰
一辆南下的车子
奔突的样子，绝没有
一对薄薄的羽翅，从眼前飞来飞去
没有在阳光下那样自在、傲慢

枫叶妖娆，像要染掉
这尘世上所有的旧痕新伤
除了叹息与赞美
只有你默不作声，在楼台边
听松涛，一阵阵穿破耳膜

不用多虑
深居庙宇的那个人
把渐浓的暮晚暗自揣进怀后
先我一步，和衣而睡了

动荡之日

让我以深情，而瞩目
时光流转之快
心底的秘密
没有隐藏，早先生出锈迹
刻在樟木制作的门楣上

不要掩饰那些惶恐
空茫中打开的，不是河流
是春天，大地上飘过的音符
与你的一次次相遇

你易于怀旧
爱反反复复听那首不知名的老歌

犹如花朵上的雨滴
缀满悲伤的情绪

生活的暗礁这么多
令你恐惧的,是海浪掀翻的那一簇
风中隐现的声音告诉你
要忍住
要像爱秋天里的母亲——
走在田埂上的脚步
比任何时候都结实、有力

那么悲

桃红李白,我不贪恋
如果茅草疯长,败坏了整个院落之美
我甘愿,一枕清霜
能带走任何一只飞禽的音讯

百川寂寂
请不要把这片辽阔
让高于山冈的愈浓夜色填补
透过一篇昏黄,秋日加速
仿若隐含着晚秋的命运
多舛,犹疑

风欲言又止,紧随其后
南山遮蔽的光辉宁静,略含忧怨
我只闻松涛,尚未回落
把一个人宽大的衣袖掀起,再掀起

带着生死别离
果核里真实的微光,豁然裂开
像我颤抖着双手
陡然剥开绝望的内心

而我,已不在

寻常巷陌
你遇见的那个人神情倦怠
他每天都这样
晨辉洒落,但无法把他
变成另一个自己

是什么在悄然苍老
孤独这么多,护佑灵魂
你数着故人的名字
带着雪地上窸窸窣窣的声响
一个人坚持走向旷野

天空隐晦
窗台的灰尘被你轻轻扫过
鸽哨,从五月再次传来
飞回至敷南村
却未给黄昏瞩望的你
带回任何好消息

场院空落
这是春深时节留守的慢时光
一场风可以抵达的地方
而我,早已不在此处

你一直在写

写着写着,黯淡就从身后
偷袭而来
——带着墨迹,亲人的呼唤

你若水波不兴
流过他胸膛的河水
就无法起波澜

这狭小的房屋
是你此刻的整个世界

忧伤是不能轻易碰撞的词
这些年,患得患失
都不如鸟雀一声清脆鸣叫
也不如细碎的光
铺满白纸上分行的文字

光影到处游弋
你还在写,写青云山,写夕照
写桃花,写你在童年的风中
一直奔跑……

当你写下中年
一枚无形的针尖
就像扎痛他的某个神经
无法安宁，且安眠

黄河，落日下

怎么才能不至于伤感
有些不真切的行旅，又一次经过黄河
上游拐弯处，挟带着大量泥沙
大地上，浑浊的泪珠也不过如此
和十几年前初遇相似，都是一些昏黄的事物
天空没有清亮的时候
兰山一带，保留着浅灰的字眼
我只能说，一只飞雁的离去，是孤绝的
一块牛羊啃噬过的坡地，是荒芜的

我来到河滩，看到树丛低矮
散淡的辉泽赐予时光照不到的高原深处
这落日下的河堤，倾斜成一只弯弓
仿佛要射向穹空和草原
那枚若隐若现的月牙儿挂在西天
跟随我向西，走向更远的远方
不问归期，不知路有多远
更不为负累的身子，搁置在一个个未知的夜晚

荒凉的野外，命运的指针也指不到的尽头
我不为流岚所动，不为一场旋即而至的风暴所迷惑

我的血管是热的，而越过河道的风是凉的
忘记了自己从哪里来，要去往何方
可天空静默如斯，以通红的面目，充满疑惑的
　心底
把我无情地，送往辽阔的大地边缘

缓慢中抵达

秘密地靠近，从人群中
突然绽开的笑声伊始
河堤之上，黄昏多么短暂
风含混不清，传递来远方的絮语
你的倦意，成为秋天
一处清晰的纹理

是什么滑下山冈
让我喜欢的无名花陷入空寂
悲声不在低处、暗处
烟火升入天空
经过村口的脚步引来几声犬吠
而敷街南侧，秋日的池塘
我是再也找不到

草茎擎起渺茫的歌吟
与秋风在同一方向，随云影消失
渐渐低垂的目光
被一篇刻在碑石上的经文锁定

张德明的诗

ZHANG DE MING

树叶曾经在高处

还能听得清，临风时的萧萧
却无法再看见
饮一盏春风的红酡
啜一缕夏日的笑靥
曾经的明月，不再是香雾缭绕的琼液
喜悦耸立的疲惫
曾经的清风，也不再如环佩叮当的手
抚摸青嫩的日子

我在岁末抵达那片森林
一场大雨，正在心间滂沱
我看见一只小鸟，穿过深秋
在枝头逡巡，然后
疾飞而去

沿着石阶，孩子们的欢笑
秋叶般一路洒落

最后一万天

我是突然之间，触摸到这数字
当时心里一阵惊惶
仿佛找寻拐杖的盲人
意外抓到一条小蛇

四十岁以后，我还是第一次
想起这么大的数字
想起这个巨大的数字里
瘦小而冰凉的身体

最后一万天了，
我与这世界的缘就要解散
有多少人来不及去爱
多少山河来不及收复
多少草木的泪水，来不及去擦拭
多少戴太阳帽的天空
来不及仰望和亲近

一万天后，我就上路
身后红尘滚滚
身前万丈深渊
我独坐黑暗中，不再知觉

蓝莲花

我喜欢蓝莲花的蓝
像童年的梦境
像初恋的滋味
如果少了这颜色
莲花的容貌
定会显得憔悴，和落寞

我知道蓝莲花的蓝里
有太阳的吻印
和流水的轻音
午后的风，静夜的月
都在花蕊中悄眠

穿蓝格子裙的莲花
在山溪边，在幽谷里
无忧无惧开放
让人心疼地美丽着
她身边的岁月
终日流溢款然的情韵

淡淡的忧伤
流溢我翩翩的向往和
蓝色的思念

与雪阔别

北方的兄长
短信告知我那里一夜大雪
银白的尘土
覆盖了村舍，田畴，小道
和剩余的秋日

在南方的天空下
我的记忆
早被丽日和风灌满
只能点亮童年的灯盏
沿梦的单行道
去找寻那片雪色与寒意
找寻有些疏远的故乡和
稍显怯生的亲人

与雪阔别
一种无言的焦渴
在内心彻夜燃烧

蝴蝶泉

如果我们相爱了，就去蝴蝶泉吧
看蝴蝶泉的蝴蝶成双成对
蝴蝶泉的泉水汩汩喷涌
多像我们火热的激情

如果我们分手了，就去蝴蝶泉吧
看蝴蝶泉的蝴蝶翩然而飞
蝴蝶泉的泉水叮咚地流
多像我们自由的心声

体　检

在人和人之间，隔着
各式各样的机械

隔着各式各样的窥视
异化和病变，总是潜伏很深
像一个训练有素的特务
人眼是不足信的
再好的视力，都无法确证健康

一旦把身体交给医生
就不再有隐私可言
五脏六腑，甚至每一条血管
每一根神经
都必须接受安检

健康只有一条标准，而疾病
是多种多样的
在机械的检测下
所有人，都是病人

重　写

月华散去，晨曦露脸
日子如并排的稻禾
一茬挨紧一茬
不断复现

远天之上　今天的阳光
重写着昨日的明艳
四合的际野
今天的清风，重写着
昨日的婉约

而在海洋，滚滚后浪
迫不及待重写着前浪
鸥鸟成群结队
尾随者重写着先行者的飞翔

我坐在窗前
新来的时光正将逝去的时光
悄然重写
这无奈的重写，是死水似的庸常
还是凤凰般裂变？

秋

每个秋天都向我诉说
一两句情话
都有几片落叶,从高空
一直落到我心里
就像发黄的往事,从眼眸
只落到记忆的谷底

秋风的手,柔柔又轻轻
翻动我纷乱的黑发和思绪
如犁铧翻开土地的书页
秋天的心思是多云的
每一封家书
都带来一场思念的小雨

在树梢之上,天空愈来愈远
却仍用蓝色的眼睛凝视我
看我孤坐在寒山石上
阅读流泉和清风

那么大的事物

我的手心揣着,那么多庞然大物
具体说来
无外乎太阳,月亮,大海还有天空
我准备随时将它们放入诗行
充分释放出浪漫主义的气度

太阳可以把所有情绪的阴霾,一扫而尽
月亮,宁静温婉若处子
她在词语中活跃,如同在夜幕中穿行
大海携带着一众家眷,诸如潮汐、涛声、波纹
它们逐个出场,我的诗句中
由此散发着浓稠的海腥味
还有天空,它最后登台

整首诗倏忽变得,高远而阔大

太阳,月亮,大海和天空
那么大的事物,一起来到诗中
宣泄的浪漫主义,火焰般跃动,却无法摆脱
人造乳房似的虚情与做作

多事的秋光

南国毕竟是南国,冬日一再努力
最终还是无法爬上历史的坡岸
一年复一年的沉沦
岁月沧桑的心思,几人识得

只有秋光多事
它在夏末终日鼓噪,又在冬初
喋喋不休,纠缠不已
从木棉树到紫荆花,它一刻不停地
驻守其中,蚁群一般
游动在季节的藤条上

雪色黄昏

离奇的想象再往前跨一步,黄昏
绝对会变成雪色了
她坦荡,莹洁,无拘无束
落向大地的姿势
比初冬的第一场雪,还要轻盈

黄昏总是无语,但又诉说万千
如同静默的雪花
生出六只触角,抚摸天空和大地

沧海之上,偌大的黄昏
悄无声息地隐没
恰似一场白茫茫的大雪
消遁于群山之间

刘素珍的诗
LIU SU ZHEN

无边的幸福

怎么办
我的眼睛已不能与你分开
我需要旷野
我需要瞭望

一望无际的高原一望无际的美
一声不吭的黄土一声不吭的美
我真想和你一样怀抱落日
不问天荒，不问地老

生命是一场旅途
至此，我再也不想回头
就让肉体走出肉体
让灵魂飘出灵魂

那些日常生活欠下的
它们以这样的美来加以偿还
那些年久日深的痛楚
在这儿竟成了无边的幸福

啊，无边的幸福

仰望之城

你是我眼里清晰的天堂
和不要命的远方
你经不起风，也经不起雨
却让我的肉身百感交集

更多时候，你潇潇洒洒

飘飘扬扬
再也难听到你发出的声音
你占据一座城的天空

这隔世的天堂
没有波浪
只有风起云涌
没有山清水秀
只有够不着的朝露

一座仰望之城
天高路远又咫尺之近
一万朵莲花开在枯山瘦水之上
你不是你曾经是的那个事物

荒芜的空土地

这么荒芜的空土地
也被阳光这么热烈地照耀着
刨开每一处黄土摁上内心希望的种子
是否就能够摆脱上苍的荒诞

去面朝黄土背朝天吧
去摁住那些无望的希望吧
谁说今天的执着会造成明天的后悔
虽然至今你仍两手空空

没有人关心土里将长出怎样的空
空到空有欢喜
空到空有身体
空成一种威胁
空到锄头落地，大地易容

为了那些看不见的欢喜

流血，流汗，流泪
不介意向空空如也的空深处挖掘
这隔世的触摸越空越能生长欣喜

古老的村落

古老的村落
这山高水远的人间
隔夜的时光碎片
再聚到一起便恍如隔世了

时光会飞
古老的村庄不会
没有人能置换前世、今生
没有什么切换得了今天与昨日

这远离尘世的人间
众山拔地而起
我在一棵树里看见我的人间
看见古道热肠
看见梦中的风景

到处是幸福安宁的迹象
时光如此静美
一树落花惊醒梦中人
古老的村落早已心如止水

宿命的飞鱼

岁月之水可泛轻舟
水的表面阵阵清风清凉
梦的羽翼在风口浪尖处艰难展开

前方透明，越来越近
把自己的骨节藏入水中
把身心的疼痛藏入水中
一个刹那无限地走远，永远地走远

这水中的飞鱼
这宿命的飞鱼
你与我的世界擦身而过
泛起的粼波是我来过人世间的印痕

走是一种宿命，飞是一种宿命
我们曾立于水的中央
吐开花朵
一阵疾风，逝去的不仅仅是流水
还有我们一起飞跃的山高水长

漠漠秋雨

漠漠秋雨，我的爱人
我对你有怎样的期待啊
风吹来一阵阵迷雾
你整个地晕眩在秋色之中

来吧，从我的身体穿过
用绝望和爱穿透我的骨骼
我想用手抓住你
哪怕抓住你在岁月里的碎片

雾是你张开的翅膀
携带着空气的波浪
四处蔓延
要蔓延到日子的尽头吗

我多么爱听你鸣溅的声音
多么爱看你纵身冰冷水花的身影
在经过了我之后越来越遥远
扭动着身子，直到迷失在河流之中

十月的小山坡

站在我十月的小山坡上张望
一些雨雾正从不远处的湖上飘来
鸟儿在高处来来回回地飞
它把我带去一个高远的世界

我的野草飘香的小山坡
被秋风悄悄地吹
那些大樟树把树枝极力地伸远
而一些树叶在无声地飘落

它们如此地贴近我的呼吸

贴近我的胸膛
那些耳畔轻轻回旋的古乐
总让我的心痉挛,如电击一般

抬头是天苍苍
低头是水茫茫
云水之间
小山坡上的炊烟袅袅升起,日复一日

风过小山坡

请东风转告西风
南风往矣,北风南下
从远方收回目光
老樟树永远一言不发

不看东风压倒西风
也不管西风压倒东风
樟树把枝叶高高举在天空上
任东南西北风

任风在天地间奔走
任这些没完没了的专列
一忽儿过,一忽儿过

高高的樟树叶子哗啦啦地掉
风还没有停止的迹象
仿佛要让小山坡的天空一无所有

阴雨小山坡

三秋过后无鸟鸣
抬头望去
阴云在小山坡上空转悠

没有更远的地方
东风无力
愿云雨轻柔一些
愿善良的人再耐心一些

愿风不止而树欲静
在这样的阴雨天翻出陈芝麻烂谷子
你有人间烟火亦不堪人间烟火

阴雨连绵不断
飞禽有飞禽的举动,走兽有走兽的行踪
小山坡在美中不足中
风也过,雨也过

哈,都说大月亮

月亮那么大,叫我如何不爱她

你有你的天上人间
良辰美景,一望无际

纵横之间,月上柳梢头
独上西楼,月亮那么大

我听见梦中明晃晃的叫声
我看见辗转反侧的人
辗转反侧

月亮那么近
她伸出无数的手和我紧紧拥抱
仿佛要嵌进我的身体

如此光辉缠身
草木皆能生出火焰
天机不可泄露,月亮那么大
叫我如何不爱她

吴素贞 的诗

WU SU ZHEN

人民广场

他跪在那儿，并没有
吸引更多的目光
被贫穷抚摸着的人，硬如石
这是我在人民广场
看见的另一尊雕像

碗底跳动的硬币
才让他眼皮抬动，纸板上
皲裂的故事很难再往下读
人民广场的人们都经验丰富
他的故事只解读他的记忆

广场中心，人群放风筝
拉二胡，吃炸鸡
流动的广告语疾驰
我走过去，我不知道
真实的他，在替谁受苦
偌大的广场
他的贫穷一直被生活反锁

向　晚

红霞把天际染低
远处的树林
仿佛火光中不朽之物
它们的影子晃动
不断展开着黑色大翅
我们靠着背坐在坝上
酒气咻响，白色的泡沫
涌出白天的事物

膨胀，无厘头，短暂
"我们就要
和整个天空沉下去了"

漂浮的易拉罐越来越多
蛙鸣，虫豸断续地叫着
水杉和茅草
散发着热的草木气息
它们都在向晚打开自己
我们又沉默了。望着
一点点暗下去的水面
"不朽之物
总是懂得一再隐忍"
碰着杯，我们突然哈哈大笑

酒气芬芳，再糟糕的一天
沉没前也有万丈红霞
像美好的回应，一条大鱼
跃出水面，天空全部压下来
荡漾的水面
先于我们
已经开始了新的一天

石榴花

我们都迷恋玩火，并渴望
走进未知的危险
鸟儿们飞来的时候
站在黄昏的枝丫上
羽毛纷纷飘落
它们依然埋首于歌唱
一地的红色火光
我们期待暮色褪去
火光里藏着危险以后的路

地上未熄的火焰眨着眼：
它们无数次练习
蔓延或者止息
可以像羽毛夜晚回到云朵里
或将炽热的舌头舔舐我们
事实上，清风徐来
它们正一片片叠加在我们身上
堆砌的红
令我们一度迷失自己

如果这就是我们要进入的危险
剩余的光垂于胸口
多少我们在白昼里的天真、偏离
以及喧嚣散尽
忽然从体内抽身而去的人
都将在果实爆裂的一瞬得于重现
虽然腐烂一直都在窥视着我们

八哥，你好

舌根充满缝隙
它先是说：八哥，你好
全身羽毛倒竖，膨胀如黑影
我看见许多
许多人的黑影在牢笼前晃动
它不断清嗓子
日夜操练同一句人语

——分明是自言自语
我对它喊：笨蛋，笨蛋
它在笼里扑腾
羽毛下黑脸模糊
它回答：八哥，你好
八哥，你好
仿佛我才是八哥
仿佛模糊的黑脸
一直是人类的回声

篾匠记

始终都在沉默
从他手里抽动的篾条
在他的双腿上认识沉默的力道
刀刃的柔软
竹子的内部，他的手
触摸着光阴的骨节；惟有他知道
能取出刀斧之声的竹
才能把寿命编织得更长

而刀刃向来冷漠
篾花有些沸腾，它们抱团
落入他的怀里
像极被用过的时间
风一吹，记忆零碎
被他抚摸过的竹子
是危险的，却也是我半生
一直要寻找的
我喜欢被刀斧打磨过的事物
惟有它们
无所畏惧，把死亡一次次撂倒

小　安

按摩师推动筋络
带脉淤堵。像蜿蜒的溪流
它们驻足我的腰部
似乎要酝酿一个更大的浪
对于即将带来的侵袭
今日之于昨日
我对事物的摄取心存敬畏

闭眼仰躺着，想象一个
又一个浪从腰部滚出
然后带来沙滩一样
褶皱的遗痕
这被用旧的身体
已经暴露
它新旧的交叉点，内乱
和松散的生活筋骨

"这里有永远的目光
和吻……"
心底最大的欲望
这些年，持续的内耗、对抗

我破绽百出
与浪之间，那个大趔趄
始终未曾放马驰来

汤显祖墓旧址

已变成了冰棍厂。我相信
厂下面一定有看不见的世界
纸页哗哗作响

我走了进去，车间只有残垣
男女卫浴空荡
墙壁上霉斑的字记录着
1954年人们的情欲

丽桃喜欢根发
二丈偷窥米蓝10次
柳燕的屁股真大……
木挡板的角落，小字密密麻麻
像冰棍融化后一地的包衣

而那些甜，隐秘地
渗进光阴的地底
世事一直在变迁，我相信
看不见的世界
必有某种永恒与之对应
你找不到它的出口
纸上记录的情，都是绝版

文昌桥赋

这里除了晒阳，摆摊
淘古董，还可以晒文章
——你知道，许多人在文章里
成为故事，被传诵。但真正认识他们
还得从方言，说书，和潦草的王

一座桥从不会波澜无惊
像桥下的抚河，晦暗之时
也要陷两岸百姓于苦难
盛夏，有人担着白银
从南宋赶来修缮，他们行色匆匆
历史晒不出的弓形背影
说书人为他们续命
而四大才子，胼着肚皮晒经纶
知府桥头掉马便传扬野史

从此，一座桥也有了传说
光阴的裂缝中
坍塌，或火灾
如国家机器运转时的贬与罚
但总有一个人
像对待自己命运般守护
怒水上，有人吊着好嗓子
水袖拂过桥栏，在桥
展如行文
在水则上善，则死去又活来

闪 电

回忆是一道闪电。躺在车里看天
云层用了太多的力
急光穿过的时候，它碎成雨滴
呼叫在天窗急响
那么多的声音，顺流的水太用力
以至不像悲伤
我爱家里的吊兰，用剪刀替它用力
利器里的闪电
繁衍过快，最终都送给了他人
像记忆者爱过失忆者
谁也曾用闪电爱过我？
天幕黑暗成涌，电光恍如骏马
云雨只为决绝而用力

唐益红 的诗

TANG YI HONG

风吹过

风,只是一个虚词
一个带给我重量的虚词
那些阳光穿巷
井壁陡峭　时光倾斜
写下的都是泥土和草根的供词
如同消亡前的浮尘伸出了悔色的脸
平静了,是的
一切都平静了

风吹过,悄悄把一些痕迹抹平
路上到处都是要回家的人
他们饱满的身体里
藏着一个春天无处不在的荒凉
向左　向右
通往天堂的路四通八达

我要怎样才能离你远一点呢?
想象中的刀片闪着寒光
我要怎样才能离你近一点呢?
努力不去碰那些疲惫不堪的柳絮
不去碰贴在春天额头飞舞的闪电

转身之前　明白之后
这尘埃之上的轻
这时光摔碎落地的声音
就像风吹过
拖着一个尖尖的尾音:
"忍耐吧!孤独的人"

这一年

这一年的春天我流浪到此
此地寂静　光阴漫长
野苘麻在微风缓缓中不安分地晃动
不得不承认　我和它有几分相似
都有试图搬动身体的妄想

我该怎样描述这里的陌生
近处的香樟轻抚天空的汁液
一条河流冲过了预留的堤坝
畏惧的田鼠爬过了灌溉的涵管
在快要接近陆地的时候突然消失

这一年,我把春天随手丢弃
一刃利器刺进了漫不经心的旧伤
暮色沿着山岭移动像某个男人的背影
仿佛一转身　就搅动了这哑默的命运

我在虚构的情节里哭泣
因为害怕　抓住了你陌生的脸

纸上行走

我要借水汽蔓延的九万里晨光
说出美——
一个女子生命中的三千流水飞逝
借她衣襟上那朵洁白的栀子花
说出爱——
那些浓郁　那些跃跃欲试

在融入明亮的地方抵达十万亩波光闪烁

一壶缓慢的沸腾啊
与你隔着一层薄薄的天空
来吧，把这一生的雨水都交付大地

纸上行走　并不需携带锋利的兵器
我只随身一把细密的梳子
在黑夜里狠心地打量这些过往时光
梳落连绵不断的叹息，吹掉希望的浮屑
然后猛地拔出这骨缝里的寒、生命里的痛

你在深埋火焰的地方制造梦境
我在制造梦境的地方深埋火焰
我们相视一笑　同时用完成完成了完成

云中书

我不止一次沉默地来到这里
在青色的蓟地埋下连绵的炽热
轻轻抚摸过跪着的石头　柔软的心肠
多好，一生有过一次

我忘记了要怎样说话　如何问候
才能使自己变轻　成为你头顶上的一缕清风
成为惟一不被伤痛侵凌的安宁

这一天，云南玉龙雪山崖顶结满冰霜
一只神鹰，像一小缕炊烟转瞬即逝
而在同样纬度的地方
一只海鸥正在穿越卢塞恩大教堂
背负着恬静与充盈
就好像已然熟知的命运

这一天，失色的嘴唇被甩在了来时的路上
雨水漫目　正好适合渐渐抬高的脚踝
风从这一个方向开始　现在
正好也来到了转弯的路上

我所钟爱的东西

我所钟爱的
是一些黑暗中的手掌
在阳光汇集到了群山的一角时

紧紧抓牢的石灰石、黏土
把坚固的希望封尘在地底下
等待某天被光亮劈开
那些梦，那些焰火，那些汹涌的期盼
这是我看到的最固执的理想

即使是化成灰化成粉尘
也将明天一步步过滤给我
在能包容上千吨的回转窑中　它细如粉末地飞舞
也许不久就会
布下晚风，虫鸣，月下树影
以及微蓝的晨曦

如果还缺失什么，那一定是一段记忆
或比记忆更深的黑暗中的煅烧
一颗被火淬过的石头
焦灼的心田里有百分之百的虔诚
配得上一座厚重的青山

如果有水就好了，加上水
就合成了固若金汤的城池……

听，我内心有流水的声音

听，我内心有流水的声音
眼中的不舍　内心的空明
隐隐的涛声中
有我温热的部分

如今我想追随这流水的声音返回
把一生的疾苦与忧患遗忘
可是，故乡早已经把我流放

依稀记得
少年的江是平缓的，有艾蒿青草焚烧的气味
青年的江是奔走的，浸透着芦花飘荡的清苦
中年的江望不到头，两岸有疾走的人群
这么多年了，流水一样带走了大半生的光阴

可是，我是再也回不去了
少年时离开的家乡
曾经越过了三条大江
它们分别是资江、沅江与湘江

陌 生

陌生，在一局久违未见的棋局上
她的目光游离，注视着疆域
左边是她的车，排着整齐的队伍直线前行
目的是直捣将府
右边是她的大象们，它们迈着沉稳的步伐
要继续选择向陌生地出发吗？
那些僵硬的兵将护卫不了她
坐镇的主帅早已经丢盔弃甲

毁灭就毁灭吧
她阴沉的脸和与之对应的明媚构成了一种颜色
从转瞬即逝的散漫中看到了陌生
它们涌动着，尖叫声漫过了溃散的大部队
它们和她一样，对突然发生的事物都有一种陌生
感

青山辞

你听，远处有河水流动的声音
经过那座红色的九孔石桥
从这条路上走出
会不会直达那风暴的中心

衰草掩映着你的荒原小道
野花洁白　叶片青绿
一只蝴蝶停在一堵残墙的墙基上
翅膀轻轻扇动着这个午后的浓荫
在直射的阳光里

一个灰色的老人在沉默
他仅此的恍惚
转眼就交给了青山背后烈烈的秋风

山坡上有密密麻麻的油茶林
夕阳下橘黄的影子在时光里行走
临水而居的人们伟岸庄重
江山如此广阔
还有什么遗忘值得缅怀？

在群山围抱的黑胡子冲
我看见的荣耀背后
闪着一道孤独

站在索县的悬崖边

风一吹，藏在荷叶里的荷花、莲蓬纷纷探出头
我要看你如何醉倒在无数英雄美人之下
试图描述任何一个英雄时代
是危险的，很容易被一道锋刃伤害
因为我们每个人都忘了如何进入与退出
听，一群归巢的麻雀飞过
所有回家的人都已经上路

站在索县的荷池城址之上
看不到黑暗中的荷池里暗藏的凶险
英雄的头颅如草芥，白马长枪的厮杀尘埃已定
翻过去了，一个朝代的儿女情长
必会用另一场旷古的别离和抚慰来做铺垫
我们赏荷，就犹如站在来时的悬崖边
细数覆盖归途的大雪

残雪消融 的诗

CAN XUE XIAO RONG

白鹿原

村口的老槐树　俯下身来
望着这一群白鹿原的闯入者
一位老者佝偻的身影
坐在旧年的门槛
头顶一片民国的天空
那年的风瘦成一条绳索
勒紧塬上农民的腰

戏台下的石狮吼出的秦腔
从麦田流淌过
一只野性的母鹿曾诱惑村里后生
她被尖锐的麦芒
刺破内心的幸福与恐慌
一阵风雨之后
落下满地未成熟的樱桃

六十年一甲子就像一本老黄历
弹指间翻过　村广场
还摆放着石碾　石磨
灌满一簇簇期待
磨出甘甜而浓香的日子

王者之剑

铸剑大师欧冶子掏空心思
找到一块天外的陨铁　冶炼
锻打出一把王者之剑　一直
在世间颠沛流离于不安的边缘
一直在寻找绝配的鞘
邂逅开花　就会有倾心相遇

埋藏已久　你的目光掘地三尺
看见表面日渐锈蚀布满黑色花纹
体内压抑着一团火焰
你小心翼翼地用心去触摸
我依然锋芒毕露　谁与争锋
那些寂寞与痛苦　瞬间
都在十指相扣的缝隙
和唇齿间默默消融……

一朵杏花的申诉

一朵杏花被围困在高墙大院内
从门缝观望山外青山楼外楼
心早就被窗外
叽叽喳喳的春光摘走

时常　午夜梦回
翻墙至灯火阑珊处
直到被一把藤椅摇醒
不小心　打翻一盏寂寞的青灯

其实　所谓的红杏出墙
就是把太阳搬进来
或者把自己搬出去而已
与隔壁老王无关！

腊月父亲带我去挖竹笋

我居住的大西北不长竹子
即使掏空太白山也挖不到竹笋
父亲是岭南的一根竹鞭　捆着他
远在北方的子孙　临终前托梦
带我回到南方的竹林

教我在寒冬腊月里挖竹笋

他说：竹尾都是朝阳的
向阳延伸的竹鞭是竹子悸动的脉搏
不必等到春暖花开　雨后破土而出
扒开地上枯黄的落叶和杂草
只见有裂缝或拱起的苞
那是竹子翘起的嘴唇等着春雨
挖开就能见到竹笋

神奇的是　后来我问乡下的亲戚
他说：冬笋就是这样挖出来的！

乡里人与城里的狗

炊烟袅袅是乡里人对来客的召唤
乡情遗落在村口长出迎客松
是跏趺的佛陀
大门从不上锁　南来北往
都可以走进乡里人的心扉
只有看家狗的眼睛像枪口对准
不管是衣衫褴褛或西装革履

竖起友善尾巴
对任何人摇头摆尾
城里人穿着刺猬的外衣
用浮躁的泥土
在自己眼里垒一堵墙
抹上透骨的傲气　城里人
从钢质防盗门的猫眼里
看世界……

剪一幅黄河滩上打枣的甜蜜

村里的巧婆姨
剪一幅黄河滩上打枣的甜蜜
剪一对春的翅膀　贴在窗户上
震撼人心的腰鼓声
裸露出黄土地的真诚
高亢的民谣撕扯我的耳膜
牵绊我的脚步　余音

丰满在每一寸阳光憩息地

山塬上割麦人曾滴下的汗珠
又在地里长出绿油油的愿望
用红高粱的热情发酵
酿成火红的日子
捧起沾满泥土芳香的粗陶碗
喝尽了喜悦
沿着山丹丹幻想的根须
枝叶托起新一轮红晕……

枝头上挂着一枚眺望

寒风把最后的一声虫鸣撵进洞穴
枝头上还挂着最后一枚眺望
红彤彤的心跳　给我苍凉的皮袄
打上一道靓丽的补丁

那一尾鲤鱼肯定因为贪玩
误了跳龙门　用脊背拱起秦岭
堵住你的眼眉
夜晚我的影子把云梯　搬来搬去
企图攀爬到你的梦中

挤一滴桂花的泪
去勾兑嫦娥的相思
我只想用前世不知疲惫的脚步
去邂逅你今生的芬芳

你是山谷里的一处喊泉

太阳升得很高　旁边没有一丝云
苍鹰掠过　嘶鸣出一声声泣血的呼唤
天空的焦渴无边无际
你是隐藏在山谷里的一处喊泉

泉水的涌动是暗自的
在春天　任何生物都蠢蠢欲动
只是你的心里多一道栅栏的禁锢
找不到倾泻的理由和出口

我是一股秦岭以南　迟来的风
呐喊声比别人多一份恒久
音量提高100个分贝
喊声里撕扯出孤独
迸射着你的渴望
让一群蓬勃的生命破土而出……

沿着一茎叶脉的河　抵达

砍一节岭南的紫竹
用弯月的锋刃
雕琢成一管竖箫
在槐花盛开的季节
摊开一朵朵心跳　一股幽香
洞穿青春的厚墙　我庆幸
劫持了最后的一缕春色

竖箫在唇间吹响
从洞孔里奔出赵飞燕翩跹起舞
飘出一阵绵绵的槐花雨
箫声解开夜的胸衣
为月光铺路
沿着一茎叶脉的河
抵达你的心尖

只想画地为牢　囚禁你

青石板踏出的足迹
早已晕黄了内心的记事本
我们一起打坐　拥抱着冬眠
始终没有羽化成仙

无数次在梦里
与你的影子聚散离合
此去经年　掩藏的花事
把枯萎的心思灼伤　让我
端坐在季节的枝头独自阵痛

到了冬天总要兑现分红
时间裂缝将要闭合的瞬间
默然　我有股冲动
只想画地为牢　囚禁你
风雪中那一抹嫣红……

风吹树影瘦

昨夜你的鼾声与
洒落在床上的月光窃窃私语
泪水漂洗过一个个梦

清晨　有几声清脆的鸟鸣
想扯开你厚实的窗帘
我不知道一棵参天大树
要相遇多少个春天
但是　一株小草
可以喊出心中的一片草原
池塘里花残叶败
莲藕扎根泥土不愿离去

一场倾盆大雨
要堆积满天的乌云
剑的锋芒渐渐消失在磨石上
最后攥在手里的　只是
一把锈迹斑斑的时光
风吹树影瘦　在水一方

风言 的诗

FENG YAN

无题之悼
——谨以此诗向海子致敬或自勉

1

你的双唇有分娩风暴的阵痛,
太阳生锈,
枕木上被你遗弃的铁皆不愿在黎明醒来。

乌云在密布下自由落体,
众神缺席,
伫立在十个海子的渡口,春天无船认领。
抽屉里的零钱和地里的粮食
总是轻声地抱怨你,
你的绝望是方糖幸福的一部分,
哦,这后现代的政治课,
虚无主义的伦理学。

我的语言死于麦穗的诉说和中原的旷野,
所有短句都在塔尔寺外捧泪长跪。
悲伤温柔地将我抱起,
寂寞疯狂得发苦,
我那从不读诗的母亲啊,
那以梦为马的无题之悼不是愤怒,
是祖国。

2

你,意象的仇敌,
不加洗礼就可以陈述的情人,
三月的巫师搭建虚构的生命,
聆听死亡的静默。

你的信仰是六角形的,像雪,
透明,
易碎,和我的绝望一样美。

你的诗篇,是大地的一块补丁,
如果为情所困,那将是一块彩色的补丁。
"活在这珍贵的人间",
每一处被你垂泪过的村庄,
都有一块隐形的墓碑,
每一首被世人遗忘的诗句,
都是众神哭泣的泪水。

从错别字里将我挑出,
四姐妹一起把我种下。
来,我的神,
爱我,别嫌弃我,
其实我就是那个只会偶尔恶作剧,
却不知道怎么讨好你的
小孩。

3

大河落日和狗尾草一样孤独于世,
我将这个静如坟墓的乌有之乡命名为爱人。
手掌把火劈成一道闪电,
"此火为大",
以佐证诗人死得其所,
你留给人世间的谜,
无色,无味,
有毒,
但无解。

向这块深陷母亲脚印的麦田,出卖我的生命,
双鬓结晶出盐的大风,
在白底黑格的稿纸上戛然而止。

那个曾在身后轻轻环抱我的女孩啊，
因不能深爱，
所以不能做我的姐妹，
因不能长守，
所以你不是我的女儿；

在眼窝里凿一口井，
豢养一段水声，
乱云飞渡而满纸错误，
抬棺者正迷途于春日的旷野。
我的疼痛比你失散的孩子小整整十岁，
"岁月易逝，一滴不剩"，
只有在黑夜里才能看清我的眼，
夜莺的眼，
——那被忧伤捕获的秋水仙。

4

一个人的街，被你走得格外深沉；
大地，这个死亡的圣坛，
上面还有什么不是太阳的祭品？
万物速朽而上帝永恒，
哦，这歉收的荒原，
这被梵高无偿征用的星期天。

你因战栗得到远方，
让鞋子轻啜脚印早醒的孤独，
葵花垂首，
落日安息，
生命之刺上滴的血不能供奉救世的烟火。
我是一个悲伤的挥霍者，
只会在火上烧制羽毛的自由和泥塑的真身。

从照片里走来，
用你残损的手掌拍动衣服的尘土；
过往站在路口，
等我的一纸休书。
亲爱的，你可以在我的伤口上撒盐，
好让我的血液有足够的咸度救赎，
为那些金黄的疼痛腌制岁月的悲声。

5

我提着佛的眼睛，
追寻长明的灯盏。
春光在你领口向下第三颗纽扣处欲言又止，
"去做铁石心肠的船长"，
勒令漫山荼蘼的桃花剃度，
而让一尊彩塑菩萨蓄发，
还俗。

把爱情还给孤独的石头，
让天空成为鸽子的债主。
诸神归位，
万物回头，
请不要诅咒这个迷路的孩童，
请记住瓦尔登湖上空的这阵悲风；

我是你三十年后写剩的部分，
发烧，做梦，
微笑，
于人群处低声地说话。
我坚信，若天空还是蓝的，
那它一定有梦，
若一贫如洗，
那是风在替仁波切修行。

6

冬天的北方已无人可爱，
天空像糖纸给这大地安慰，
"谁的声音能掩盖我们横陈于地的骸骨"？
我来过，父母在场，
我走了，橘子善良。

一场雨下得花楸树像秋日草原上挤奶的少女，
我的幸福被你纤细的手指捻过，
温润，带有雌性的恩宠，
"雨是一生过错，
雨是悲欢离合"
回首间，有风吹来。

公元2014年3月26日，
姐姐，
我不是那个海子，
不再写诗，
可是今夜我在德令哈
…………

与母书

雾霭竖起栅栏的衣领。落日
在敲我的头
妈妈,冬日的家书是一壶烧不开的水

读你额上动人的鳞片。像一条江河
如读一面镜
读镜中你的微笑
在人间,只有你是银色的——
妈妈,风中落叶带链而歌

生活多像一根缓冲的刺
总有一些崩落的词,令我尴尬、惊悸
捉襟见肘
妈妈哟,这命运多舛的暮晚
我灰心地爱着
如读阳光余晖的泡沫

触手可及

少许风于手里。一棵行走的树
问卜脚下的泥土——
淘米水,足以淹死一条江河的风暴
上升的蒸汽,为炉火上的铁壶
值守黎明

铁壶中的蒸汽多像情人间的争吵
——这充满烟火味的日子,触手可及

你脸上零星的小雀斑,压住了
大海无边的银色
这银色又常常被炊烟扶起
我在小雀斑上摸黑写下诗句
——摸黑为你写下的银色诗句,触手可及

舌头长出长长的叶子
悲伤和回忆,是我的两只眼睛
这午后六点钟的黄昏,被你柔软的唇
消过毒
消过毒的黄昏六点钟多像一个事故现场
——能制造一个事故现场的你的唇,触手可及

松涛阵阵。我听到
雪——白色尖叫
远处传来千里群山的刹车声
这尖叫让我心安。松涛
点燃绿色火焰
——这让我心安的绿色火焰,触手可及

我用石头压住眼睛
睫毛挡住时间
和变幻的风
可有你的一切依然那么清晰
——依然那么清晰的有你的时间,触手可及

龚学敏 的诗

GONG XUE MIN

会议室里的空椅子

即使无事可做　也心满意足
花朵一样的心情　只要开在春天里
他说"我没有受冷落"
又说，"好吧，我描摹一个人的坐姿"

玻璃窗厚实　没有新鲜的风
灯光过白　白得像老生常谈
像一些嘴在斗嘴　语言多么苍白
其实，它的脚很想出去走走
但它立刻按住自己：
"不可乱动，一动就要失去"
它庆幸只是一闪之念
那些走累的椅子散了骨架
而更多的空椅子在后面排队

它用厚黑的脸皮包裹
一颗脆弱的心：
高于其身体的两只大瓷瓶贴身站着
它们的眉间淌着山水风光
好心情一泻千里
流畅的目光轻抚圆圆的肚皮

它在揣摩一只话筒的心思
它清楚只有缩短距离
才有话语权

在汉诗中生活

我在水中。清澈如信仰的水
比全部形容的文字柔软

我愿意是一尾没有方向的鱼
所有的方向都是我的神往

我在一朵花上看到真诚
这是个冬天，北风呼啸过后
我看到受伤的阳光
在一朵花上，完全开放

我的白鸟，我的白马
白色的雪……
我的诗披上白色的羽毛
"孩子，不要悲伤"在天上，天上。

固守的鼾声

我仿佛进入这样的场景：
村舍　月光下的麦浪　河水清亮
也可以是这样的：
静谧的小巷　木槿花带露　炊烟
略略有点呛鼻的味道

时断时续的浪头
有时是一望无际的大海　更多时
是黑暗中的沉默

你如此固执
生下你时　我们满怀希望
（我不说一个人，我说的是事物的
　开始）
你很像一个会假寐的顽皮孩子
但最终你练习成了真实的鼾声

亲切的声音　总很安宁
仿佛世界如此太平　没有仇人

也没有缠人的爱

固守在虚无的迷惑里
不愿意将流畅无限放大
不愿意将喉咙里的搁浅
放大成一个痛痛快快的鞭炮

木质的小屋

我们走进狭窄的黑暗
像走进历史的体内。

温柔的皮肤有触摸的柔软
仿佛可以伸进去
伸进一个眼神，一场暧昧

而事实是，那种清香
主动从时间的深处探出来
并且放弃留恋
"她愿意回到现实
窗外的水多么像当下的人生没有结冰"

花落的时刻胜于枪声
民国楼不及土菜馆更为生动
年轻的女服务员天生丽质
但她不经世事
不知道风吹史书时，表情也要翻动

夜多么深
在一起推杯换盏的其实是陌生人
孤立于旷野的树
做着已经碎裂的梦，在一面又一面墙壁上

人 潮

暮色四合，路灯橘黄的灯光
打在汹涌而来的脸上
地铁入口，惟有一位老人
停留，讨好地弹奏三弦琴
他的口袋空空荡荡

这块冷落的石头始终没有热起来

流水自顾自唱歌，或者调情

时间的苍老仍旧被怀疑
被忽略
旋律的浪花还不足以打湿
一方沉睡的绣花手帕

手撕面包上
一辆地铁将绞合在一起的人群撕开
一点一点地洒在
一个又一个的站台上

直到天上遗落清冷的白色芝麻。

尘 埃

在阴雨天，我们看不到自己
沉浸在悲伤里
我们被风雨追逐　慌张失措

在阳光的聚焦下
我们依旧无法放大自己
这宿命的绳子
在不依不饶地拉着一个人的命运：
向下！
继续向下！

喧闹时，我们被向上推送
有时甚至像花朵落在枝头
（比起落地成泥的悲戚
我们的回归多么自然）

所有的喧嚣都复归为沉寂
空山终无鸟鸣
远去的人已忘记了亲人
——像尘埃一样绝不回头

阳光照在废墟之上

地铁从早晨的黑洞钻出
我向东面看到：
明晃晃的阳光照在一大片废墟之上

照得一小块水塘
像一面镜子　像一只白鸟的翅膀

生活在冬天的人
生活在废墟中
草木枯萎　事物颓败的底色尽现
亲情和爱情缩回到地下
而从天上垂下的阳光并不愿意
让废墟彻底沉沦——
它用一小块的明亮
点亮悲观者残剩的兴奋

其实，年过半百者
他心底的草，要么枯槁
要么暗自贴地偷生
他已不敢将念头疯狂向上长
再次遭受火烧刀砍
（他更愿意回家
关门，在客厅和书本中取暖
照见缩小的快乐）

他还愿意将阳光想象成如下的因素：
神金黄色的绳索
已逝父亲的微笑
物理意义上的热
取暖器发红电丝

对岸的钟声

宁静的土地，至清的河水
稀疏的钟声像暗物质
浮到光亮的对岸

我只愿行走在熟悉的河畔
就像在抚摸欢爱之人的肚皮
（我们曾多少次盲入陌生的内部
被事物的鳞片扎中）

向上拉起头发
就以为抵达高度
委屈时不敢放声哭泣
而以软弱孤独的愤怒

我们曾为叶落深忧
现在陷入盼望新叶吐出的漫长等待

没有寺庙的对岸
传来敲击中的木鱼声
时急时缓
一旦细听
声息全无

初冬之夜，闲逛秦淮河畔有感

我看到淹在水中的红
我听到从历史的远处传来的呼救
我没有听到声音，我
——看到圆形的嘴巴，像下沉的瓷瓶

天有点冷　风就不宜大
微微的晃动　亮光轻轻诉说
早已受伤的时间　榆树埋进沉默
比树的目光更高的天空，胸腔更加孤独

新发现
NEW FINDINGS

ZHANG QIU XIA

张秋霞

1989年8月生于湖北大冶。湖北广播电视大学在读，边读书边做兼职工作。作品散见于《黄石日报》、《五彩石》、《桃源诗刊》及网络平台等。

拾忆

〔组诗〕

ZHANG QIU XIA 张秋霞

夏 末

至夏末之期
太阳和风变得温柔了许多

闭上眼睛
沐浴在夏末的空气中
倾听光和落叶的欢乐

有人在弹奏钢琴曲
鸟儿伴舞

把压力什么的
暂时抛在脑后
忘记了时间，忘记了你
留下一滴泪
凝固丰收

夏末是温暖的
温柔地侵袭着我的棱角

大手牵小手

1

依偎在祖国的怀抱里
听他讲过去，现在

听见枯竭的号角
祖国的心脏疼了

会好，更好的
他告诉了他们
梅花
不会平白无故地在冬天盛开
白杨
不会没有理由地生长

每一个无助的号角
祖国的手伸向地震灾区
伸向天空
伸向水里
他总是会在他们最无助的时候
牵着他们的手
走出一次次生命的旋涡

他是他们的神
他带着他们找到希望
可是……
他们会心疼他吗？

2

我不怕苦
也不害怕灾难
我只希望你们能够同心协力
爱护自己的家

山崩地裂，我来扛
天灾人祸，我来挡
外敌入侵，我来守
我只希望你们能够相亲相爱
我只有这么点要求

我爱你们
我的爱很理智、很细致
我不眠不休守护你们
我无怨无悔

3

路过的荆棘地
踏过的泥巴路
攀岩过的喜马拉雅山
泪水都是值得的

你要的爱，都给你
你要的生活条件，也都给你

不畏惧，不退缩
望和平

梦里的梦想

八月，中旬
清风徐徐
你再一次醒来，从我的梦里
我看见你是健康的

你拿着镰刀
去田里割一把稻子
你戴着一顶草帽
短裤和T恤
衣服上还有汗斑

我很长记性，总是不自觉想起你
傍晚的景色太美
我不敢想象
倘若失望了，绝望
我会不会

漫延在江滩边上的水
向我伸出头来
对我轻笑
大火在燃烧、展露它的热情
蒸发、挥发那些汗水
干了又被浸湿，一直重复

你再次对我伸出援手
你说：没有我，你该怎么办
我吐了吐舌头
你总是摇摇头
对我表示无语，沉默
和着心疼的眼睛
让你不知所措

我总是做梦
你一次又一次出现
我不愿醒来
因为梦里，太美
因为睁开眼睛
而你不在

无言以对的解释

彼岸在风中显得有些冷
如冰雪
如秋季的风悱恻身旁
稳重的误解

爱是风雨中的泪滴
眼泪婆娑
溺爱，成全
分不清真假

像你爱一个人独处
现实的分界线
把梦想和云分开
裹脚的婆婆拍拍手背
用心疼的眼神看着我的发鬓
不哭、不安分

拾 忆

1

雪在海底沸腾
模糊了你的视线
我隔着一层玻璃望着你
等着你向我伸出无力的手

我把你冰冻在海底
等。雪在海底结出冰花
我带你去寻找那珊瑚石里的鲨鱼化石
漫天飞舞的星星洒落在海底
向你眨着眼睛

2

我把列车铁轨的轨道拉长
往左边拉,往右
刀锋从铁棍穿行,来到心里
在胸口横冲直撞

3

村口麦芽糖阿婆的遗像被永远保存在那里
他们再也不用到天黑就收摊了
醋酸从喉咙钻到牙缝
融化了这片海底

一个角落的另一种孤单

磁湖林荫路上的落叶填满青涩
你仿佛是平面上的一颗新星
会惆怅,徘徊
眼眸里装下银河
没有比这双眸子更清澈的星河了吧

玉兰花开的夏天
你嘴巴一直在嚼槟榔
或者抽烟,仿佛在思考什么
好像海上漂浮的落叶
给你一罐桂花蜜
就能够你吃上十天半个月了

我在你身后研究你轻快的步伐
雨淋湿了你放在田野里的草帽
伸手去抓树上的霓虹灯
风吹着树叶沙沙响
我说没有乌云
也没有向日葵

一首歌的时间

从小溪的一头到小溪的另一头
叶子飘过,用了多长时间
从忧郁到哲学要用几个光年

用曼妙的声音去配合煽情曲子
心动了,痛了
苦涩的沙是一道永远也不过时的佳肴
天真的年少轻狂是海上的波浪
事过境迁,寂寞,无奈
是一道光影在心中划过的遗迹

海岸线上有一个姑娘在日出拾柴
日落献舞
时光荏苒。她沧桑的知性
在海岸线上挥舞得淋漓尽致

女性诗人
POETESS

王妃 WANG FEI

本名王佩玲,安徽桐城人,现居黄山。任职于黄山学院。作品散见于《人民文学》、《诗刊》等。获第二届上官军乐诗歌奖未名诗人奖等奖项。著有诗集《风吹香》、《我们不说爱已经很久了》。

王妃

白兰花

·组诗·

不死心

黑豆、黑芝麻、黑木耳、黑枸杞
吃黑补黑。我有不死心
神啊你要让黑发长得快一点
比冒出的白发比十六岁的
少女跑得快

黑夜来得比白昼快一些
长一些。为什么，我的白发
总是更快地醒来
像初雪毫无道理将我掩埋

栗色、酒红、深褐色
我有不死心
神啊，我的白发还是迅速醒来
那么快，一场雪
把前一场污雪已然覆盖

十六岁的少女跑不过
醒来的白发
十六岁的少女跑进
我的不死心
我顶着满头白发带着不
死心跑向你——

神啊我是你十六岁的少女
我要比白发更早醒来

后 来

春天依然盛大而新奇
而我们已然放下疲惫松弛的眼帘
只关注脚下

玩不动了，年轻时那些
奔跑和追逐的游戏
我们的衣衫已旧，不再鼓涨着风
野马归槽，收拢了四蹄
春雨啊，再也不能贴着赤裸的肌肤

和汗水滚在一起

是的，我们老了
剩下的时间多被用来瞌睡、
阅读和回忆。
偶尔也到河边枯坐，听流水淙淙
不疾不徐
耳畔是枕边人均匀的呼吸

光

它有点着急赶过来似的
小心看护着
蹲在地上的那个娃娃
蚂蚁进窝了，他还不肯回家

它把光滑的身体给了醉汉
让他抱着，恨着，
信任着
兜兜转转，就是不愿松开

它把阴影给了一对情侣
他们不再年轻
孤单的嘴唇和孤单的手
贪婪地占据着
那一小块阴影，惟有黎明可以驱散

整个五月我都在等

日历被撕下一页又一页
天气还是忽冷忽热
蚕豆吃过了
栀子花已经露出了牙白
杜鹃还在不急不慢收拾红裙……

在雨夜应承下来的
我希望在晴空下兑现
整个五月我都在等。
一场雨，又一场雨
雨水积攒成浑浊的深潭
水面上遍布淋湿的莲叶
滑动的水珠里是我们摇晃的身子

离人的脚印被抹掉了
檐下的啾啾孤鸟的羽毛也被洗白了
明天会不会有好天气？
我似乎听到，门外
有人正踩着积水而来

这还不够

给你蜜糖，这还不够
给你盐水，这还不够
给你吮空的身体，和胸口上留下
的抓痕，这还不够

你要的，是我给不了的
而我给的，却不是你想要的
我们都没有错，错的是
愈合的时间

——当我给你尖尖的刺
像黄蜂的毒针扎进去
是的，你将不会流血，看不见伤痕
但在时间的里面，会预留肿胀和麻木

——等你想起，等你忘记
这隐约的、持续的痛感，够不够？

酒　后

她沉溺于雨水中的喃喃自语
沉溺于杯中晃动的城池

她离群索居，喜欢独饮
用酒活埋自己，隔夜吐出
另一个人

她企图通过舌尖分辨
什么是辣，什么是苦

对着模糊的影像，分辨
什么是爱

单行线

她每抚摸一次双乳
就对这个世界怀疑一次
除去儿子幼时的迷恋
还有谁有过真心的欢喜?

顺着往下,是微凸的小腹
柔软依旧,温暖依旧
手掌抚不到的裂纹
在山丘的高处随地可见

还有那绿地,还有那流水
都深藏不露
每一次的停顿
她都带着寻宝的心情

——先干掉敌人,再干掉
情人。当她独自抵达
惟有抱着衰老的身体痛快一哭
那宝藏的光芒照亮她
埋葬她

经 过

浓密的树冠遮蔽了晨阳暖色的追光,但
她喜欢。
虽然,这个安静的、清凉的线段
仅是每天一万步中的两百步

走进去——
鸟鸣依旧,阴湿依旧
落叶三三两两,俯就在地
像创可贴,找到了它要止住的痛点

商陆粗壮的根茎被折断,枸骨的刺
落在断草的头颅上……
显然,这里刚刚经过人工的刳割
植物们被迫让步,先于季节
加速了小径的荒凉

路越走越宽。两百步
终于被修复成整齐划一的一万步
除了草木,谁会懂她懊恼的心情?
露珠滚落,碎了一地

好在:鸟鸣依旧,阴湿依旧
出口处的桂花树下
正盛开着洗澡花和指甲花

旅 馆

床太软了。我的身体
掉进了温柔的陷阱
只露出了耳朵——

水在滴:嗒、嗒、嗒
空调出风口在嘶鸣
对面换洗间的两个服务员
一个抱怨孩子,一个不停打哈欠

砰——砰——砰
出出进进的,总有人在
开门关门开门关门

世界终于睡了
我的耳朵还固执地醒着
除了关门和水滴声
我不知道
它们在等什么

洁 面

这么多年了,还像第一次那样
他惧怕刀上的寒意
但胡须像野草一样顽强
每天醒来,镜子里
总有一个陌生人

一条光滑的轨道从泡沫穿出
仿佛在蛮荒中找到出口
他的刀锋闪亮,有点兴奋

也有一丝凉意。当刀走到左颊
他想起那一年，那个女人
温良的手掌贴在那儿，笑着说喜欢
疼，但不想拿开

他的手抖了一下。锋利
再次战胜了迟疑
刀，替他做出最终的了断

一个干净体面的男人，带着笑意
走出来——

他的刀痕留在镜子里

菊花菜

菊花菜上市了
这是今天我惟一给自己买的菜

浸水，漂洗
一根银丝般的白发被细心挑拣出来
下锅，清炒
菊花菜放下僵硬的身段
像一团柔软的碧玉，安静地抱着几颗蒜白

洗净双手，我给妈妈电话：
今天我买菊花菜了
妈妈说：嗯。

我开始吃了，妈妈
这是你怀孕时最想吃的菜

男人气

她会趁他不注意的时候
扒开他的衣领
在他错愕的表情里
把嘴巴埋进去
深吸一口

男人的体味迅速钻进
每一节骨缝

把散架的女人重新粘连完整
她心满意足

她在心里暗自嘲笑：
什么荷尔蒙、多巴胺
这些羞答答的概念
都不及她所要的一口男人气
这样简单直接

而爱情、婚姻，这两个大词
她又有过多少幻想
写过多少诗句？
人到中年，她的需要
已少得可怜，但足以维持余生

她搂着他的脖子又深吸了一口

雾

我不能确定自己是否喜欢
当它踏水而来，像塞壬
一个魅惑的歌者
用歌声堵住我的双耳
堵住我的双眼、喉咙
在鼻翼上轻弹数下，及至
紧紧拥抱了我

我承认我确实恍惚了
站在模糊的路标下
我是多么急于撩开面纱，去追索
桥的尽头
究竟在制造怎样的悬念

前方多歧路
我要不要任性地走下去？
就这样
——踏着看不见的
急流和旋涡……

醒 悟

昨天的泪水已经风干了

欢娱是误闯入的一个梦；
明天的泪水还蓄在身体里
眼窝太浅，养不活两条干净的鱼

今天的泪水是今天的毒

亲爱的人，我们要笑着转身
谁制造了毒？谁又吞下了毒？
就让TA的泪水滑过暗紫的嘴唇
滚落于襟前蓝印的风景

——像下一场透雨
把今天染上的灰尘擦净

把旧风景洗白，在蓝色的印迹上
添几根新鲜的枝条

乌　鸫

一天，三次
它出现在不同的诗里
扮演着的角色
类似乌鸦或麻雀

这真是一只幸运的鸟儿
当它开口
百舌吐出婉转的唱词
好听，却难解其中奥义

它是江南最常见的鸟
不起眼的，混迹在族群中
是诗人应用最好的
一个词，尽管

诗人们并不能分辨出谁
才是他所借用的乌鸫
当一群鸟穿过乌云落于窗前
雨停了，草正绿得发亮

梅

隔壁的生意又好起来了
隔壁的生意好不就是有梅吗
瞧瞧，今天她穿了红衣裳
头发学人家小姑娘，焗油
披下来，装什么嫩

她还抹了口红，给谁看啊
她竟然还笑了
被男人甩鼻涕一样甩掉
她怎么笑得出来

还别说，她穿上红衣确实像朵花
头发像个小瀑布，油亮亮的
她唇红齿白
笑起来，真的很好看

白兰花

让你久等了，小妹妹
面对枫林，坐在西溪南的国槐下
你就是一幅生动的画啊
没有人这样告诉你吗？

口涎暴露了你的缺陷
小妹妹，我不能忽略你的笑容
当你拉住我，塞给我两朵
捂蔫的白兰花
你羞涩奔跑的身影就是一首诗啊
可我还来不及告诉你

我还能再见你吗，小妹妹
多想跟你说，我写不出诗的时候
一点也不沮丧
当我想到两朵白兰花
想到你——

没有正常的智力，但有温暖的手掌
那掌心里握着的两朵
就是你和我呀——
白就是完美
白就是最好的诗

米在还乡

□ 王 妃

快过年了，单位发了几袋米和几桶油，家里人口少，又要吃个一年半载了。婆婆说，多的话，把米带回家来吧。这才惊觉，原来，婆婆已经老了，已经好几年没有种田了……

年三十，大包小包运回家，米就在其间。扛完米，两人在车上不禁心生感叹。出生在农村的我们，从意识启蒙开始，父辈就灌输一个观念：一定要发愤图强，争取走出农村，走进都市。每年春节家里换新的年画，总有一幅"鲤鱼跳农门"。也难怪，城乡差别那么大，父辈的父辈们就是这样一代一代教化过来的。就这样，我们被父母的严苛管教捆绑着一路跟跄，头悬梁锥刺股，最终凭着一颗不服输的心，奋力从泥巴地里拔出双腿，扔掉手里待种的青禾，拍拍屁股，成功逃离故土，成为父辈心目中有出息的孩子，做了城里人。

不可否认，在出离家乡的头些年里，我们内心从未对自己的叛逃有过悔意。相反的，我们一直都在避讳"农民"这个词，一旦被人问及自己的出身、来路，就满面尴尬，仿佛遭遇到了耻辱。我们拼命工作，拼命打扮自己，把地道的城里人作为自己趋同的偶像，惟恐别人把乡村、打工仔、农民等字眼刻在我们的身上。都市的繁华搅乱了心神，我们对纸醉金迷的生活流连忘返，食黍却已久不知其味。每每回乡，母亲顶着苍苍白发拍着米仓炫耀自己的收成，临行前总要在我们的车上放进一大袋晶莹的大米，我们却只还以埋怨，甚至在心里嗤之以鼻，连感激的心意都没有。

随着年纪的增长，食量越来越小，我们的身体却越来越臃肿，都市的繁杂喂养出一个"虚胖的中年"。当我们返回家乡，站在田埂上气喘吁吁时，才发现稻浪滚滚是多么令人眼热的起伏，而童年喝过的米浆又是多么清澈甘甜。鲁迅说，儿童的情形，便是将来的命运。而我们一直拒绝回望，因为那里是一群被贫穷围困的儿童，从小就不得不经受日晒雨淋，和父母一起战天斗地，为了远离饥饿，我们在田地里种下希望，巴望着收获的幸福。"米假如有人一样的心脏，必然是一颗痛苦的心脏。它有两种颜色的肌肤，一种是红色，一种是黑色。红的是热血，黑的是伤病。然而，米呈现给我们的，是珍珠一样的皎洁，让我们忍不住伸出双手，捧着它，久久不放"（傅菲的《米语》）。

我们的成长史，就是米的成长史。而我们理想中的好生活，本质上却是无耻的不劳而获。

人是不是只有走到了中年，才会停下脚步忍不住回望？当我们结束一天的疲累走在夕光返照的大地上，一草一木的金色呼吸让我们忍不住驻足并蹲下身来。现在，城里人该拥有的一切我们似乎都有了，城里人所没有而只属于我们的东西却不知何时被自己弄丢了，这真让我们沮丧！难道非得做出那么多的牺牲，才能真正懂得生活的奥义？当我们扛着米还乡，看到年迈的父母就着一盘咸菜喝着稀粥却神态安然，我们的焦虑一下子舒缓下来。仿佛得到了最好的医治，心又重新恢复正常的跳动。走在冬季的旷野，四面萧条，在清冽的风中我们清醒而孤独地寻找，干枯的稻茬只用沉默陈述着一个残酷的事实：乡村凋敝，五谷退让，野草疯长，田地荒芜。

我们的米缸还满着，但田野里却空了。我们的心也有填不满的空洞。

苏珊·桑塔格说，一切真正神秘的东西，无一不是既具有舒缓精神的作用，同时又扰人心神不定。大地的沉默里含有多少神秘，人类无法触及。如果有一天米从视野里消失，我们面临的又何止是心神不定的境况？

"心安即故乡"对远离故土的人是一种善意的欺骗。即使我们离得再远，也离不开五谷杂粮的喂养。当我们咀嚼，米香中一定有人在反省，有人在眷恋，有人正在返回的途中。如果我们恰好是诗人，就该立即放下筷子，拿起笔，把米浆浸泡的记忆和灵魂释放出来的微妙记录下来。[Z]

大学生诗群
POEM GROUP OF COLLEGE STUDENTS

李啸洋　熊生庆　易　川　尹国强　徐时胤
黄维盈　戚植春　刘　鑫　李　龙　刘　建
诺　杨　胡若冰　彭　然

李啸洋 LI XIAO YANG

笔名从安。北京师范大学电影学博士研究生。诗歌散见于《星星》、《诗刊》、《中国诗歌》、《诗歌风尚》、《诗歌周刊》、《2015中国高校文学作品排行榜·诗歌卷》等。获第八届首都高校诗歌原创诗歌奖、全球华语短诗大赛奖、《扬子江诗刊》"朵上·一首好诗"奖等奖项。

王 国

虚构的国。王活着氓也活着
出郭游春，王披上虎皮，氓裹着粗衣
停辇。张琴。隔岸探花
氓抱着大瓮，王端紧酒碗
尝到药性后，王用剑想象氓的模样。
驾车回城，所有的事物都在倒立：
冈地成了"凶"地
但王的田依旧是田。
一日，北风纵灌宫殿与街巷
琴上的弦被刮得忽而西，忽而东
王用柱子和剑定住风
氓用风筝和尘埃定住风
最后王用尽王的气数，氓用尽氓的孤独
曾经，王和氓的骨头里都住着水，住着火
住着日子盛大的光芒与灰烬

锁

命运里关联钥匙，关联贼
如同生活关联明亮与腐朽的事物
关联宽容或缄默

入夜，锁便陷入无限的警觉：
无论金质、银质与铜质。
保护一扇门的同时，也将牵绊留于槛外

通常，锁活在自己的空芯里
以刑具的对称性来启闭他物。
而蛀空的部分，需要更精确的力

来召唤启示。

熊生庆 XIONG SHENG QING

笔名哑马，1994年生于贵州水城。贵州民族大学文学院学生。贵州省作协会员。作品散见于《山花》、《星星》、《时代文学》、《山东文学》等。有作品入选多种选本。

九月，凉风起（节选）

1

风吹草低，牛羊已然肥美
长风扬鞭疾驰，我们在此饮酒
长啸，一垄篝火点亮夜色
将军墓缄默如初。子孙叩拜的神情
烙上古旧之态，根脉血液汩汩
一个季节正在到来，一个季节离去
酒将尽，神对灰烬中升起的雾霭表示遗憾

2

歉疚经不起推敲，守陵人
选择黄昏，迈出坚实的步伐
魂灵们家园焚毁，镜子照见黑暗中涌动的
洪流。老树坚持风暴前的最佳姿势
被孤立的群山，无法用言语表达困惑
谁在这一刻醒来，谁就是鹿，是伤口和鲜花

3

在树与树之间，漏出的光线
一天就此结束，胡子在你发呆时拔节
放牧云朵和彩虹，没有路的原野
心，是大写的孤独。落日投进更大的黑暗中
站在马蹄之上，磨损的舞鞋奏出
节气里不易察觉的哀歌。依然缄默
土地接纳倾塌过程中遗弃的头骨和水分

4

候鸟失约，邮差误入歧途
追寻出发的意义，我们被意义填满
你反复颤抖，为命运的纹路写下失声的判词：
余下的半生都将悔恨。错过的蝴蝶和彩虹
是被放逐后造化的泪，一个月份在倒影中起身
那风中的尘埃，浮萍面临死亡之前，路长出的舌
头
凉风又起，盛世中的悲凉如此不合时宜

易川　　　　　　　　　　YI CHUAN

　　本名靳文鑫，1996年生，山东曲阜人。青岛科技大学广告学专业本科学生。散文、报道等多见于《青岛科技大学报》及半岛网等媒体平台。

在黑夜

在黑夜，我等着最后一滴时光逝去。
最后一盏灯熄灭。
最后一片叶子自取灭亡。
最后一滴热血冷却。
然后我醒来，戴上面具
走在日光下，
光天化日，我和众人一样。

镜　子

我独自坐在镜子面前
这面镜子前，曾坐着
我的妈妈、奶奶和姥姥
以及遥远的母系氏族
未来的女儿和外孙女儿

她们对镜贴花黄
谈论口红的颜色与眉目的形状
衣襟上花纹与织样
苍老爬上发丝

乳房结满果实

而此刻，我独自坐在这镜子前
赏玩自己眉眼的纹路
唇齿的模样
有一天我也会老去
只是，我的乳房不结果
我照镜子，只给自己看

人　群

光影之交人头攒动
像是涌动的隐秘波涛
我看到水波的荡漾
转瞬即逝

看不清，人们的脸
那攒动易逝的
流走于光明与黑暗之巅
最终不再攒动

人群中的黑色花朵
就此沉湎水底

尹国强　　　　　　　　YIN GUO QIANG

　　笔名端木枫。福州大学人文学院学生。福州大学钟声文学社主编，福州大学寒星诗社社长。参加《福建文学》首届大学生创作研习班，两岸青年"八闽行"夏令营文学组成员。

七月，写给雨水和儿子

雨水，大地和天空连成一片
草原和河流连成一片
雨水中的稻子，和我连成一片
这些即将分娩的少女，身子和头颅一起低下

愿神赐予她们健康的孩子吧
白白胖胖的，像他们母亲一样饱满丰腴
在雨水里和河流一起生长

而我，他们的父亲，会坐在雨水里给他未来的儿子写信

母 亲

十五年来记忆与你渐次消瘦
有关谷子地，有关贫穷，以及与父亲常年不休的
　争吵
远行或许是惟一的解脱，嘈杂的七年
我们毫无准备地上台，落幕，然后各自为命

提笔我始终无法写你，我患上不治的病
持续的疼痛，从皮肤沁至骨髓，一天重过一天
每个夜晚都会是我的死期，你只出现在黑夜
步伐迟迟仿佛后悔，驻足、凝望
但终究没有归来，孱弱的念想如火花一现
而我一直等待，等待是一次漫长的徒刑
你知道吗？有两个字已经很多年没出现了
"母亲"

红河谷

大河流淌，干涸的文明即将枯死
转山者摇转经筒，虔诚的信徒匍匐前进
有人蓄谋不轨：野心家的雪茄点燃又熄灭
望远镜抵达之处，亡命之徒匆匆穿过，战事爆发
满城的风，死亡地带雪白一片
诵经人于高墙内翻动经书，参悟
遗落的国事，一座孤城行将就木
垛口的火枪无力射击，准星失明，子弹击中国界
人们饮酒，开进拉萨的刺刀，边界旅馆出卖雪山
你说，玫瑰，地图集里尘封的爱情
高原上两个湖泊

徐时胤　XU SHI YIN

湖北人。湖北理工学院师范学院汉语言文学专业2014级学生。获2016邯郸大学生诗歌节优秀奖、第八届武汉市"思语"诗歌邀请赛一等奖等奖项。作品散见于《雅风诗刊》、《原点诗刊》等。

母 亲

之前，母亲在一小块弹丸之地
除草、洒药、施肥、丰收
这一系列动作过后
高举锄头，从现场抓些新土栽进地中
好似古老的树下的柴火
披着红袍，化为黑土
那时后院的乌鸦、鸟蛋、蛇和蚂蚁拒绝树的庇佑
纷纷弃它而去
在更高处，母亲在麦地和丛林之间来回穿梭
种瓜得豆、植树伐木
面目全非地耕耘半生，困顿一生

青门引

暮秋晨起，于孤馆鸡窗，暂借
他乡的瓦檐里弄，开轩闲卧
醒前，执笤帚、持掸子、磨钝刀
枕石踏苔、铺洒沽酒
于晨昏巷陌之间临水照花
不见疏星月明，不识雨打浮萍

湖畔秋深，被雪擦亮的西风酕醄
而大醉。隔夜，一口木钟装殓
迟暮的鸡皮鹤发，于火上弄冰
蓬头历齿，刻木牵丝

弄堂檐下，褐衣疏食的书生
雪中盗梦——
"当风轻借力，一举入高空"
离群索居，我感到身体内的风
在黑暗处再次涌起

照例一意孤行——煮字论命
平湖烟雨，寒枝拣尽
在久违的渡口，独占一地残雪
跪着 缝合经年的剧痛

静夜思

丰收过后，便竭力述说一些噬骨的罪行
比如虚构一场大火，尽辞荆楚之竹
锣鼓喧天，间歇性的昏厥早已陈旧
闷头饮酒，诅白山、咒黑水——望闻问切的锋芒
从未显露
焚化：一半是狐疑的冷杉，一半是麻木的桦树

木枕一横，夜雨开始瓦解裂开的骨骼
白发苍髯、衣不蔽体、形销骨立
诵经人正从生锈的鱼腹中挣脱
剖开夜，取黄卷青灯，餐风茹雪
在近乡的瞬间，隔着鬓霜，袒露西风令人心悸的
  去处

黄维盈 HUANG WEI YING

湖北大学知行学院汉语言文学专业写作班学生。作品散见于《文学报》、《黄河文学》、《当代人》、《广州日报》、《四川诗歌》等。

悖 论

每个烟盒都写着：
吸烟有害健康
烟民却从不当一回事
照吸不误
吸与不吸
好像是你死我活二元对立
其实不是
二元对立之间
还有无边无际的广袤地带
任君选择

有许多事

你可以做，也可以不做
还可以做做停停，停停做做
做了不一定引来恶果
不做也未必五世其昌
善游者溺
善骑者堕
你看，能做的事做过了头
同样死于非命

萋萋荒草喜欢作客山上的新坟旧墓
没落的权威风光不再
苦口婆心的人生哲理，像一棵草
继续一厢情愿普度众生
没有办法
我只能在充满悖论的空气中苟且
同情永不结果的树
鄙视夜夜盛开的花

身外之物

如同西江放逐波澜
时间是忠实观众。安之若素
钓到一条大鱼
往往是大祸临头的开始

钱财乃身外之物
彼岸无一物
我反复观察云，进而捕捉云雨
谢绝探骊得珠

一个盛夏的上午，我在故乡八千里之外
北方一个古镇抚掌大笑
肉体凡胎在蔚蓝的湖水濯足
心赐之福一直在路上。阿门
我愿意一贫如洗，让贪婪的白骨
去填满欲壑

戚植春 QI ZHI CHUN

江西赣州人。就读于山东临沂大学。燃冰诗社成员，临沂市作家协会会员。作品散见于《山东文学》等。

皮 相

此生我只信过一次迷信，
命宫郁结，难服难调。算命婆口中的偈语，
正中谜底

我是和父亲一起走出尼姑庵的，他比我愤懑
平生第一次见他破口大骂，因为我的命运
为了活得有点底气，我对预言睁一只眼
闭一只眼，甚至
强迫忘记，强迫梦里丢弃

可是，父亲费尽一生所做的抵抗，
都向我证明，本性难移
我越来越像父亲，把自己活成一只老鼠
把阳光当成利剑，一生从未真正袒露
一想到我的丑陋，先天的残缺，
就开始惊慌失措
一定有人见过我隐形逃遁的本领，多么干脆利落
可是他们不知道啊
卑微底层的弱者，出生就会的伎俩

我和父亲一样懦弱
只敢在深夜叩问真相
其实我早该知道，上天随意赐给人类样子
人照着生长
因为虚荣的需要，被分出高低贵贱
所以我过早地明了，出卖文字不如出卖色相
可是这副皮囊，已经粗糙不堪
配不上，内心的柔软

大 鱼

或许会有人相信，生命原始自带磨难
作恶的灵魂忏悔前世的罪过，
善的灵魂预知今生的苦
转世而来就明白，人生以哭声开始
以哭声结尾
但都免不了长大成人的那一刻，
开始面壁思过　开始学会沉默

而苦难的源头，
上辈子遗留下来的灵魂是一条鱼，
从土地或者天际转移，与水为敌
阎王私吞了数不尽的寿命，放生在海天一际
哪一条是属于你的
红色大鱼，于混沌间指水为河，
指云为雨，自立昆仑

我天生在寻找
天与天的连理，海与海的交媾
所到之处，大鱼口吐白沫，作浪兴风
流淌的涎水，是命运的轨迹

一些觉醒的魂灵，
妄自从悲观主义里衍生出一部喜剧
宁愿背离规律，
用邪于天命的方式成全你

你如果看见红色的雨，绝不会了解
从善良到魔障所耗费的眼泪，
在每一处你经过的地方
落地生根，开出盐花
你将永葆天真，
那些黑暗不必亲眼所见
因为所有的不光明都建立在我之上

你尽管索取天下的洁白，变幻成大鱼
轮回而来。湿漉漉地走，
又湿漉漉地复活，
以婴孩的形式，再次经历未成年

刘鑫　　LIU XIN

1994年生，湖南永州人。湖南涉外经济学院文法学院汉语言文学专业学生。获第五届中国校园双十佳诗歌奖提名奖、第六届包商银行杯全国高校征文诗歌小说类优秀奖等奖项。

精灵和春天

一片叶子，两片叶子，一场雨
忧郁中，无数的星星在夜空燃烧
我突然渴望一颗流星，一阵雷鸣
一个精灵手中开满鲜花，要给星星幸福
扔掉吧，我会牵着精灵的手
让它心中，撒下一粒种子萌芽
种出永远的春天

始终有一个黑夜是光明幻化的

前路漫漫和平凡普通的轮回
歌声一片和空落的校园
话语里远去，梦境相逢
你却是如此
走在冬天的寒夜和夏天的熔炉里
流浪的泪和冰冷的泪，不分下坠
一个谎言的诱导里
你便走进毁灭的迷局
无数个迷宫会让一个人明白
始终有一个黑夜是光明幻化的
光明的明不再是黑夜的黑
你所祈祷的一直都在

李龙　　LI LONG

1993年生于陕西商州。四川师范大学研究生在读。作品散见于《紫江诗刊》、《红月亮诗刊》、《诗歌部落》等及网络平台。著有诗集《一隅凝眸》。

人间星辰

天黑了　不宜长途赶路
每一颗星星都落户人间
我们从夜幕里走来　脚下热流涌动
乳白色的墙体　穿梭于芬芳之间
夜色深沉　先后吞下
峡谷　激流　碎语　欲望
再往人间灌注细沙
我们住在风中　靠体香互相识别
每一颗星星都被赋予霓虹之名
城市如火　鱼在池塘动情地哭
我们从白天捉来飞鸟　在夜晚证明
"万物皆流"
举手投足间　我们被光引渡
日子交接的空隙过于阴冷过于漫长
像一座城市的孤独从不被另一座城市领受
行走在归途中　我们彼此顾看不厌
如星子般互相照耀又沉默寡言
万籁俱寂　而天地自有秘语
我们的眼中始终布满河流
人间和星子一起垂下倒影
从菜市口到音乐广场
我们要随时眨一眨眼睛
好让一些星子　安然地流入人间
而给予另一些　更进一步的肯定
偌大的世界　到处都是疲累的风　吹来吹去
我们需要适当的光和房间
来辨别　人间烟火　草木星辰
在回家的路上
想象着　老马识途

如梦令

持续几天来　身体处于倾斜状态
世界也是　万物与我情意复杂
游醉归来　寂空无雨　阳光爽快
伐木作业已毕　门口香樟树　魂归长天
数截断木兀立道旁　落英满地　游鱼息影
正午时分　园林少有行人
荒草与野客去留无意
白云与蓝天相谈甚欢
登高楼　倚窗独望
祥瑞　祥瑞　飞鸟无痕　不生风水

刘建　　　　　　　　　　　　LIU JIAN

　　1995年10月生，山东单县人。燕山大学大三学生。获第四届全国大学生野草文学奖优秀奖、张永琛文学创作一等奖等奖项。

老 伴

你推着一位80岁的陌生人，步履蹒跚
轮椅碾过的落叶吱吱呀呀
耳朵里住满了牙牙学语的闹声
和一开始跑就摔在地上的跟斗

他望着身后熟悉的"年轻"女人
枯藤的手仍能熟练操作锅碗瓢盆
就像他年轻时开铲车一样收放自如
女人的手一边冒着炊烟，一边咽下辛酸
摇篮越长越小，小得装不下张开的三张嘴
尝遍了飞禽走兽，嘴巴却开始怀念苦涩的乳汁

六十年前，他和她相见
那时还没有三张喂不饱的嘴
和现在的似曾相识

养老院

数字围起的院墙最为牢固
院里的人就活在墙缝里

时间在这里是冷冰冰的存在，像个远房亲戚
热情的狗嗅着他的裤脚转了一圈
乖乖地闭上了嘴

身体坐成一张弓
突出的弓面，打磨得锃亮的脊梁
轻声一咳
就会射出一颗抖动的心

眼睛和耳朵的使用权利被收回
你不敢开口说话，害怕
剩下惟一的嘴的使用权利也被收回
此后，风雨与你无关

你越来越理解轻的含义
就像你理解家是孩子一样
你不敢笑
眉头蕴蓄的湖水会倾盆泻下

诺杨　　　　　　　　　　　　NUO YANG

　　甘肃农业大学汉语言文学专业学生。作品散见于《青年作家》、《金城》、《兰州日报》、《新世纪诗选》等。出版诗集《一切都在生长》。

大 树

父亲拉着一棵大树
比自己更大的一棵树
从一块田埂上拉到另一块田埂上
树枝磕磕绊绊的
父亲也就开始磕磕绊绊起来
在拉树的期间
父亲用满是泥巴的手吸了三根烟
气喘吁吁
随后在一棵大树手里狠狠地摔了一跤
但他像一个孩子一样，在我不注意的时候
麻利地起来，拍了拍身上的土

守 望

大风吹时
母亲总会来到堆放麦草的场边
父亲就登上了高高的土房顶
奶奶只能依靠在门槛上

他们都注意着远方
远方孕育期的麦子

山里吹来风
乌云里飘来的雨
比任何东西都要狂暴
比任何东西都要绝情

他们必须望得仔细，必须卖力
每一阵风过
他们不由自主地
站得更直了，望得更远了

他们害怕
害怕一个疏忽
风就把麦子给刮倒了

胡若冰　　HU RUO BING

南京东南大学学生。

夜四点

我看到我父亲在一间
透着幽暗颓靡灯光的屋子里
冷色的灯光只管斑驳地照在他的纸张上
照在我父亲消瘦的、孱弱的、忧郁的、
随时将要崩塌的身体上
照在他唱着小楼昨夜又东风的旧磁带上
照在他二十岁时画给我母亲的钢笔画上
照在他抽着烟开着车　去往广州的公路上
他循环播放着一首

上世纪九十年代港式女声的歌
我不知道那灯光从哪里来　那样怪异
我的母亲告诉我
这时候我已二十五岁了　我已有了婚姻

我如同一位探访者
这种清晰感使我浑身冰凉而陌生
我在窗外窥探着、观察着这个男人
我突然看见他的大醉　和大哭
用我一生未曾见过的架势大哭
他的口中突然大喊：
我手已一无所有
我的母亲说他得了一样绝症
他这时举起一张绝美的相片
相片上的女人
美艳得不似我清秀端庄的母亲
好像随时将要离他而去
他突然又哭喊着说：
我一生未敢爱过你的美

不名花

我有天喜欢上一种花
惟一的原因是它落下后很美
碎碎的，黄黄的，铺满一地
我小声笑前面路人头上沾上的花
回家后发现自己也有被窃笑的可能

我四处打探它的花名
甚至同陌生人交谈甚欢——
这于我当然不常发生
我问到了。
第二天我看到地上的花
又实在想不起知道它名字的用处
惟一的好处
可能是便于向人标榜我喜欢过一种花——
但这事于我更难发生
我甚至无法平静/轻易讲出它的名字。

于是我将答案忘记了

彭然   PENG RAN

1996年生于云南。昭通学院大三学生。作品散见于《边疆文学》、《中国诗歌》、《草堂》等。

故 园

据说,你们都浸泡过夜色
在我泡沫般的山岗前,曾经
你们和蔼地深沉问我:是什么样的风?
吹过我的人世。我的耳朵只笑了笑。

眼睛听闻你已老去是五十年后
雄踞门前看路的黄牙老太婆。
你就是她了。哈哈,美女
这是狠毒的时光的命令。

我走时你张口欲辩,别再累坏了舌头。
这丛青色的祖国
我已踏过。未曾见过十四亿同胞。

幽灵地狱,我按熄了火
我穿着滚烫的风衣,冰冷着。

我刘海里藏着的青春在理发师那里保存着
我遁入空门后,你把它找来埋了吧。

黑色的是我的,白色的也是我的
我少年白头,一生黑白无常。

无 题

年轻时我喜欢照镜子
和对面的人读唇语

我们心照不宣地悲伤
我们忘乎所以地暗恋自己

那时我正落入年轻明媚
不知明日山穷水尽
花香有多奢靡

那很多很多年我都拥着假的抱负
驱赶马蹄。忙碌。

一面清风在古道把我吹倒在人世的椅子上

如今我还有阴影,它装着
我的臭脾气,和我的一杯即醉

中国诗选
CHINESE POEMS

金铃子　余笑忠　湘小妃　马晓康　潘红莉
张作梗　尘　轩　巴音博罗　田　君　南书堂
胡茗茗　龚　纯

或者 〔组诗选三〕
金铃子

都熟透了

我遇到
甜蜜又遥远的爱人，在葡萄园
粉红的惊喜
美人指
这么多美人将我围绕
手指颤动一下。爱情俯身
她准备好
接受天堂之吻。七月的风将她
吹成新人

我把葡萄和墨汁磨在一起
在天地间画一幅
美人。英雄
鸟雀欢喜，葡萄在清晨
翻滚身体
我不把这些告诉你
只把它们，画在一张宣纸中
它们很快会风干
很快会成为历史。很快

熟透了
尤其是，我想你的时候

不要和我谈论诗歌和艺术

不要和我谈论诗歌和艺术
太浪费时间了
谈谈赤裸身体吧，它可以是哲学
也可以是标本

爱情颤动时你要胡思乱想
雄鹰盘旋时我要学会，嗨

诗歌和艺术是我的

这身体是你的，或者，此时是你的

我们满怀仇视地相爱
尤其在这鬼天气里

我爱你们所有人，个个都爱
但我最爱的是你

我打着油纸伞走过李庄

我打着油纸伞走过李庄
那个叫戴望舒的人一定躲在某处写诗
他不是我喜欢的

我喜欢挥着马刀的男人
锐利的刀锋偏冷
一刀可以把油纸伞劈碎，把我劈碎
他将我的身体扔进炉火
入水淬火，刀身渐薄
孤度如我的长卷山水

我们棋逢对手，一笑多是恩仇
尤其是玩火的时候
他知道近护手处应该浑厚低沉
我知道近刀尖处，必须响亮清脆

原载《中国诗人》2017 年第 1 期

对视 〔组诗选二〕
余笑忠

一树丝瓜

没错，我们看到的是
一连串丝瓜，挂在树上
藤蔓缘木而上
父亲笑道，没想到丝瓜那么能长
把别的瓜菜都比下去了
太高了，父亲懒得将它收回

丝瓜再无生长的余地
借藤蔓的余力，悬垂于寒风之中
岌岌可危，枯萎，干
如今更无必要将它收回了
没有别的什么
比那条枯萎的大丝瓜
更像傻瓜

我们后来才看清
挨近地面的根茎，已经烂了

瓜子轶事

朋友说，三十年前
暑假后，从家乡到武汉
上学途中要坐十二个小时的汽车
中途经过毛店
在那里，停车的间隙
会有人端着切成一片一片的西瓜
买了西瓜的人就靠着窗口吃
卖瓜的人举着箩筛
在车窗下站着，接住食客吐出的瓜子
一直守着客人吃完
食客们不会觉得自己多么尊贵
而是不由得加快了速度
顾不得吃相多么难看
那些瓜子
卖瓜人要攒着，晒干了再炒出来
往后，每当看到炒瓜子
都会想到举着箩筛
巴望食客早点吐出瓜子的那些瓜农
和瓜农的孩子
这样的场景再也不会有了
西瓜都变成了无籽西瓜
从前十二个小时的车程，现在一眨眼就到了
从前的日子，哪怕像瓜熟透了的西瓜
瓜瓤坏了，兴许瓜子还是好的

原载《诗刊》2017 年 2 月上半月刊

静水微澜 〔组诗选二〕
湘小妃

刀钺志

我害怕金属加身的声音。砧板上的鱼，
能更真切感知：皮肤和肌肉。存在。

血除了在身体奔流，也会喷洒，
失去温度，凝成黑块。和砧板上的鱼有什么两样？

我也曾被隐形的刀凌迟。沉默的羔羊，
闭上眼睛，仿佛认命。

人世啊。即使刀钺加身，被刺穿，
被麻醉，失去知觉。我喊不出一声痛。

旧时光

他还深陷在旧纸张里，那气味使人恍惚
他正试图蒸馏昏暗的事物
从羊皮纸上提纯出小块草原。"嘿，嘿——"
记得的，都化了灰烬，哪能还浸得出一两滴芳香
  的精油

斑点逐渐从墙体里长出……
灯光加深这一切。新生的时光又寸寸融成烛泪了
叫人如何忍心对未曾到来的月光撒上盐末
然而影子总归要将它带至跟前

现在的难题：
是筑构马厩，还是对准马的虚影抽上一鞭
他在屋中不住地跺脚

去往马戏团的路上 〔组诗选二〕
马晓康

白云桥之夜

数不清多少辆车了,将夜晚拉得更深
时间的马达声,越来越清晰
恐惧,让我试着对下一秒的自己窃窃私语

游荡在街头的人,遁入黑暗中安置肉身
(我是外地人,刚从三里屯出来
午夜时分的欲望,比西伯利亚的寒流更凉)

预言的、发誓的——
啤酒杯里的泡沫

有人站在桥上,有人迎风坠落还唱着歌
还不到当一个登徒子的时候
影子仍在服刑期中煎熬——

锁上房门,我在日记中写道:
又有几个疯子失踪了
在脱衣舞代替交际舞的时刻
身负枷锁的人,对世界爱得更深……

去往马戏团的路上

一个人酒过三巡,月亮终于被灌醉了
霓虹灯趁机上位,也霸占了人们的仰望

楼下的车子和行人正在加速
声音,量不出眼睛到眼睛的距离
就蒸发了。道别
被进行了一半的手势代替

在不适与习惯之间
在童真与世故之间
窗口,像突然敞开的裂缝——
有人的舞台已经谢幕,而我的报幕人

还没有醒来……

以上原载《诗刊》2017 年 2 月下半月刊

潘红莉近作 〔组诗选三〕
潘红莉

大地相信了我的孤独

金菊也许会染黄麦香
蓝　毫无倦意并且在远山安置蔚蓝
麦子试图抛开饱满时　金色就会丢失
故乡那么遥远　大地相信了我的孤独
天空下的群体　作为物质的形象保存着位置

这天地间的纬度和温度　蓄满单一的回答
九月的迷人和真实　都会让我期望
回到大地与麦香　秋天果实为硕
发丝　多像我的千丝万缕

其实　心种植下了　就无处可选
远处的麦垛　像金色的部落
让我会想麦子的语言　秋天就会暂时存在
我视为金色的丢失　为逃跑的马车

挽　歌

你把全世界给我的时候　我苍老的花开
略显迟缓　这凝重的秋天为我带来火焰
岁月曾繁花似锦　我在你理想的脸庞滑过
金色的音质　在我要回答你什么的时候
万箭已经在我心上穿过这个漫长的秋天
这个秋天突然全新　却落叶纷飞
这个秋天　我的果实藏匿还是交出来
秋天　让我留下无踪影的蜜吧
就像飞鸟的瞬间　午后隐退的暗影
在梦境中逐一实现又交出苍白

午后的道路那么长　长得令人绝望

长得让我们彼此丢失　长得隔着时光
遥远的距离　中间弥漫着白亮的雪
当我被你击中　剩下的空白仍然是我的节日
尽管十一月的大雪会像白浪
掀开我命运的门　再一次等待云的飘落
尽管我的预期是多么愚蠢　像十一月的挽歌
远处的群山那么小朦胧　我听得见它们的回应

自言自语的石头

她终于扮演了这人间的石头
激情的流水　无声的流水　愤怒的流水
滚动的流水　忧愁的流水　黯然的流水
她自己堵截了流水的蓝　闪动波光的明眸
她愿意舍弃　水的坟墓就诞生的光年
实际上这个世界的反转使她驯服
她在暴风雪的屋内　平静荒芜
墓园的圣歌　当她明白死亡的破碎
石头的点点滴滴　黄昏就要来临
她开始想念水　蜜的加冕　光焰的爱
但是　这一天的石头之孤
醉心于陈迹　成为被忘记之最

室内听雪　〔组诗选二〕

张作梗

室内听雪

不要用雪粒叩敲窗户
我害怕这轻柔。——连绵
广阔的轻柔集合起来，就是一颗雷霆。
鹧鸪在画中飞，也不知这轻柔带给人的走神。

不要用雪粒叩敲窗户。
我不在房内。——尽管此刻伏在桌子上，
我正写着一首雪粒叩敲窗户的诗。寂静在
窗外翻动一张更大的纸，仿佛

有人隔着窗户，读着这首诗。

不要用雪粒叩敲窗户，
我的偏头痛被其医成了幻听症。——十年前，
是谁这样轻柔地唤过我？今夜，又是谁
用无边的雪花，在窗上哭泣我？

不要用雪粒叩敲窗户。
我害怕这轻柔的暴力。它使我起身离开自己
去到广袤的雪野。那儿，破碎的脚印
等我去用踩踏缝合——悬置的
酒杯，要饮尽沸腾的寒凉。

当我睡了

当我睡了，世界便是取下的帽子，
挂历在与我毫不相干的地方；
便是一个不存在之物——比虚无还空，
虽然如常簇拥着我，
但已不能触及我的意识。

沉入自我的深海，是鱼也是水。
当我睡了，连身边的爱人也远在千里之外；
那些白昼的担忧、恐惧、忌恨、不平……统统
化为催生睡眠的养料，如此酣沉，连死亡，
也不能吵醒我。

是回归混沌的单纯还是趋于纯粹的混沌？
当我睡了，安静才脱去喧嚣的戏服，
回归本我。一个毫无防范的灵魂摊开在
肉体上．无视清风明月正在为
那些醒着的人所追逐和挥霍。

当我睡了，人世加速瓦解。——我成了谁的
外界？谁又会成为我的遗梦？
微弱的呼吸像一只萤火虫，在我的
肺腑中飞行，——借着它，我会找到
翌日清晨醒来的我吗？

以上原载《诗潮》2017年第2期

独处 〔二十首选三〕

尘 轩

独 处

坐在炉火旁,或一盏灯下
我忽闪忽闪的孤独
在这宇宙的一颗尘埃上,能有多重?

被时间劫掠的事物,还很年轻
夜空把星辰分开,彩色的命将你我分开
我们能否在同一个地平线上,再次相遇?

松开亲人、朋友,再松开睡眠
松开黎明,再松开离落的火光
我的孤独,是大白于天下
还是,无限接近背光的夜色?

取暖的人

这么多年我很执拗,总是向着一个方向前进
像大河里的水,不肯回头
在路上取暖,不肯在寒冷的时节冻结脚步

走累了,把手伸进血液和骨头里
摸一把,便会触碰到落下又涨起的歌声
便坚信,自己仍是一个有力气取暖的人

需要暖的人,随时能找到一种方式:
用劳动取暖,用房子取暖,用柴火取暖
用衣料取暖,用电视取暖,用阳光取暖……

我的身边,到处走动着向暖靠近的人
但我希望,更多人能用爱取暖
家园的暖由此积攒,茂盛繁荣

在诗的背面写诗

看不见那首诗,但觉存在
与它隔着什么,像是时间
因此,闻不见气味,看不见颜色
不知它有多长、多宽、多松弛
在它的背面,写着向它靠近的字
像是抄起了一件称心的工具,在修葺一座岛屿
孤独、傲岸、与世隔绝,比海平面高出一些
我是那岛上的一株庄稼,玉米、高粱,或者小麦
必须不是鱼,才能在茫茫水域之外突显
在诗的背面写诗,像在世界的后背上写字
若我恰好也是那撑起后背的人
猜得对那些字,并让它们站对位置
那个岛,才能成为我最后的居所
还需在它上面修一个烟囱,背向风
让诗在我最后的家园里生火

原载《作家》2017年第二期

像暮晚骑着烟色的马奔驰 〔组诗选二〕

巴音博罗

像暮晚骑着烟色的马奔驰

像暮晚骑着烟色的马奔驰
像树林互相拉起手环绕着唱歌
像风穿过人与人的间隙去往远方
像千万条细长柔韧的蚯蚓潜入到
北方这汪洋恣肆的黑土地里

我快乐,我的胃里全是土
我没有脸,没有鼻子,也没有眼睛
我像一根根软塌塌的钉子穿行于
广袤无边的土层中间
我的存在就是宽容,就是爱
就是把亿万年积攒下的屈辱和愤怒
全部吞噬掉

哦,尘埃,永远活着
像珍稀的善良一样活着
像平原上的白骨一样活着

像灯把自身的光芒缩小再缩小一样活着
像小小伤口一样活着

像无知一样活着

直到一个男人在他祖居的田埂上
牵着一条狗和月亮
款款走进梦里

楼群疯长着,越过风的间隙

楼群疯长着,越过风的间隙
撞得星星叮当作响
夜晚敞开宽广的睡衣,像失眠
神高举灯盏的手酸痛、酥麻

而群星破碎,如街区的旧灯罩
那碎片掉落,割伤了我的肌肤
哀伤是黎明对大地的悄然亲吻

我不想把黑暗用这分分秒秒来计算
夜色啊——一只泪湿的软枕,记忆的浮云
擦拭的明镜。我也无意把一轮新月
像徽章挂在胸前

我的灵魂,你用过几辈人的一只土碗
那么孤寂而又安详。我的心
满盛着爱——在这风云突变的时光里
为什么这爱却无人认领

中年叙事 〔组诗选二〕
田 君

搓 背

终身都摆脱不了这身泥
一尊尊泥塑
像黄袍加身

直立行走,有时也短暂奔跑

短暂思考、爱恨
但最终却逃脱不了入土的宿命

躺下,比站立安全
被层层包裹下的肉身
永远也搓不干净

那些爱我和我爱的生灵
以及相互涂炭的生灵
谁能解我一世灰尘?

本命年

老是不可逆转的
亚健康、慢性病
看似两个不同的过程
其实却有着内在的相似性
敢不敢坦然面对
蚕食都在悄然进行

当买药和吃药
成为一种本能
不再需要他人督促和提醒
说明老已经进入到一定的层次

我不怕苍老
但却害怕腐朽
我甚至不畏惧死亡
但却不忍心给别人带来悲痛

这里或许就是人生的最高处
举目于这四十八楼
思绪却总是被四周的落叶打断
落叶让我想起来染过的头发
我执着于此
仿佛树叶执着于躯干

战栗与独白 〔组诗选二〕
南书堂

贺兰山

贺兰山赤身裸体，仿佛我想象中
彪悍的匈奴

"岁月失语，惟石能言"①
那随手一指的岩画都有一张生动的脸

在沉默宁静之地
我和历史的心跳，总是共用同一节律

国仇家恨一风吹了
乱石间，走动着温和的岩羊

远处的平原上，走动着
黄河与银川

双戏楼

一对老鸳鸯戏楼，已分不清
谁是夫、谁是妻，就像人活百岁
已无所谓性别之分，就像这地方
已看不出原是水旱码头

爱也爱过了，南戏北戏
同时上演着才子佳人的故事
台下，观众像在反复出席婚宴
曲终人散后，两个戏楼
就用絮语和依偎，填补爱的空白

恨也恨过了，戏里戏外的打杀
断送了无数好姻缘
也断送了许多朝代的命运

"太残忍了"——呜呜的风声里有戏楼的
怒吼——有时像恨自己，有时像
恨对方，有时像替谁愤恨

爱恨之间，便是一生
现在，它们仍像一对老夫妻
搀扶着、安慰着，端坐在时间的遗忘里

以上原载《星星》2017年2月上旬刊

在一起的手指 〔外一首〕
胡茗茗

来美国三天，和女儿见了两面
今晚，我说服抱着三个食品袋子的女儿
陪我睡一夜

雨滴在耳边不停地絮语，凌晨四点，我醒来
摸黑碰到女儿的手，下意识拉住
才发现，这两次见面，彼此的手还没碰过

睡梦里的女儿，紧紧攥住我的拇指，一下又一下
我听到我的血，又从女儿身上流了回来

从小到大，都是我握着她的小手睡去
现在，在异国，换作她牵着我
雨，把窗棂打得生疼
我抽出　在一起的手指
一些汗、一些恩情，正透过皮肤，渗了进去……

十指扣

带着你握过的手温，我走出病房
走过你熟悉的街道，回到你的书房
书桌上密布着你的指纹，我把
带着你体味的右手，扣了上去
爸爸，你的手——

---

① 冯骥才先生在宁夏贺兰山岩画遗址公园的题字。

打过我，疼过我，引领过我
刚刚被我狠狠咬了两口满是针眼的手
回家了

现在，我把脸埋进你满书桌的掌心里
把整个人埋进去，新土
堆积着你也堆积着我，爸爸
无一例外，能有哪种死
不是被掏空？安静，飞散，适得其所？

还有我们的两遥空空
可是，爸爸，我还是如此贪婪
伸向你的十指，纠缠着向死而生的火苗

原载《天津诗人》2017年夏之卷

花生万物风成诗〔组诗选二〕

龚 纯

画春光

今天天阴，诸事顺利
望春小娘子周身花朵，带着那么多
雌蕊。
辛夷就在她身边，一眼便知
传播后代，较之略略逊色
春风分出身子，一半在本地与那些
妇女纠缠，一半远游去了

万物如此暧昧，谁把阴暗关系交代清楚了
谁更主动些……

春花灼灼，从树枝上掉下来，徒然
增加伤春的人们的负担
青山妩媚多情，仿佛
我就要去看你。

下扬州

江流这么宽阔，黄鹤楼那么小
天宝二十六年那么远
就是一幅画也必然布满三月
不散的烟花雾气。
已经记不得当时说些什么了
酒喝得龟山蛇山都在摇动
粼粼江波如同银饼上撒下芝麻

为什么要去扬州？为什么前往朝廷？
得走一条弯弯曲曲的幽径？
江户大开，纳入众多宁静的帆影
夕照双鬓，捋短髭有美学意义。

数只江鸥，嘎嘎飞近，听出它们在空中
也有蹒跚步履。江湖深远
布衣从容，此后许多年，松子
才会落到头上。

原载《天津诗人》2017年春之卷

爱情诗页
LOVE POETRY PAGE

生查子（外三首）/ 韩簌簌
仍可依靠的人间（外三首）/ 潘云贵
爱的密语（外二首）/ 顾彼曦

生查子

(外三首)

□ 韩籔籔

如果今夜，有轻风如约
我定会举半山明月　为你烛照来生
如果雪衾，今夕执大笔
我必将用半生修为　替你探路
一定有人　铺好了满城的月色
等你落笔

如果今夜，真有人在山顶放歌
那必定有人，在山脚下，起风尘
那，如果有人在夜色里垂泪、
在北方、在空穴

会不会有一个人，冒雪下山
为她　团红泥，煨火炉，掏心肝

金钵赋

我说小骗子，你只会把墨泼到山脚
却忘记了进桃源的路只有一条
你总以为只要有金钵，就可以见到佛祖
其实，你该把粗瓷的茶杯摜到地板上
并把那些红豆　和血捡起
你更需要把亲手喂好的羊　领到旷野
并一一举过栅栏
然后假装微笑，再目送它们渐行　渐远

所以，小骗子
我要先教会你口渴、吃素食
教会你，翻开平原的沟渠、播下种子
教会你，学着把帐篷支起来
最后，再练习怜香惜玉

比目辞

我们，多么像不期而遇的两阵风

彼此纠缠，又快速抽离
像冬去春来，那一抹刚露芽的绿
却死于意外的霜寒
两株槐树的春天，不是彼此献香
而是用刺，彼此留白

可我们占领的河湾
并不因是在梦里，就偃旗息鼓
两株车前草
面对这长满耳朵的世界
只会让嘴巴，越拧越紧

终于，我们学会了自剪双翼
终于，我们掌握了死得其所
这门艺术

泼墨记

我是说我们。
身为两排平行的栅栏，
却时常陷进无边的红尘里

麻雀们又在撺掇一场　免费的午餐
霓虹眼神暧昧。
人流都涌向打折区
面对等距离的车速，我们眼神忧郁
并担忧春天和花朵们，会突然染上霜寒。
深灰色的我们，把郁郁葱葱的绿
泼到山脚。
就这样一直对峙。亲人

你有白色纤绳，自起点到终点
我有浅蓝的抬头纹，
横亘，在地老天荒

仍可依靠的人间 （外三首）

□潘云贵

听肖邦的夜曲，在一个下雨天
你没有来，屋子里的光线格外暗
窗外有合欢在哭泣，眼泪
汇成油桐街潮湿的心脏，我突然
想起最心爱的那件白衬衫
在你离开的气候里，反复淋雨，
在空无一人的天台，它悬梁
如抑郁症患者晚期。雨声过大
遮蔽我本就迟钝的听觉，水壶
在厨房兀自吵闹，泼洒坏脾气
糟糕的事情远不止这些，但好在
你写的诗在，栽的花在，养的鱼在
摇摇欲坠的人间仍可依靠

味 道

把活过的日子放在盆中浣洗
漂白一段，如折一枝斜出的杨柳
忘记你，仿佛变得轻而易举
但在这四月夜晚，春深梦多
你的名字是一粒飘落的草籽，毫无防备
砸进我嘴里，迅速发芽
我尝到苦涩、辛酸和甜蜜
味道由浓转淡。想起多年前
你刚刚刷完牙，跟我说话
空气里水果清香悬浮，扑向我
那时，我们都很年轻
我有耐心听你说完最后一句

春天的灰烬

到你的城市找你，那天风刮得猛烈
梧桐树保持忧郁的战栗，我在
你住的公寓前许久站立，无数的人
走过，似乎都带着无数你的消息
我跑上前去又迅速退往树后
在阴影里喘息，喂养懦弱和迟疑
雏鸟从树冠撒下发声练习，像嘲笑
盖在头顶，我的慌张、不安、焦虑和等待
让空气愈加浓稠，如树的体液
我困在水中，出口在一个个
走过的人身上，我需要
重新冲出，像风扑向他们
但他们一一摇头，以异乡的口音
压碎我。我不敢再问，怕一问
心底就铺上一层春天的灰烬

地 雷

已经没有回头的时间了，雪落下来
一月的邮差再没送来你的信件
我的屋子空空，紧握的水杯由热到冷
像一颗心离另一颗心，渐远
我的眼睛，从左往右失明
双耳自闭，在一串无人认领的元音中
反复徘徊。口舌愈显笨拙
如一扇门，锁孔尽失
最后，嗅觉也向我宣战
出走，沿果盘、墨水瓶、烟灰缸
和雨伞上未撑开的风暴
想你，这肿痛的词
埋在雪中，如地雷遍布
我不敢出门，怕踩到，踩响
鲜血淋漓的冬天

爱的密语

(外二首)

□顾彼曦

我要在你的胃里喂养一匹马
给你食物、水和空气
给你世上最温情的爱

我会时常带你去寺庙静听佛音
我要你身心愉悦，了无牵挂

我所做的这一切
都是为了让住在胃里的马匹
野性消退

我要赶在春天到来之时
带你去终南山上
看下面的青草漫过冬的神秘

我要你看到远处的温暖、青山的希望
我要你看到我们共有的江山

我要把爱和秘密一起种在云朵里
我要你陪我一起看它们生根发芽
开花结果。自始至终
我都不会在它们面前说漏这个秘密

我的爱如此狭隘，小到
只能在针尖上去爱一个人
我愿意就这么一直爱着
直到在孤独之中静默地死去

爱上一个人，就可以病痛一生

命中注定，有一些事物
来历无法追溯
我们更无力连根举起

白龙江的水浑浊的日子多了
鱼儿难以上钩
发洪水的时候，河岸两边的农民
打捞木材的岁月
也早已随水而散

有些事物，简单如云
雨来的时候，一样能让你哭泣
曾经像云一样简单，吃素，不生病
那年，爱上了一个人
那年的雨下了很久

冬天里的童话

你所说的冬天
列车呼啸而过，城市把最后的一粒毒药
吞进了脾胃
你所说的冬天
大片大片的冰结成花
一个又一个的村庄流失成荒芜
你所说的冬天
可以用一首诗驱毒
可以把一首诗刻在我死去多年的祖先的墓碑上
你所说的冬天
我也去过
鸟儿停在村头的大槐树上，黄昏如帘
一只蚂蚁对一只蚂蚁说
我爱你，像爱上吸毒
一只蚂蚁对一只蚂蚁说
我要用尽一生的爱去舔舐你的孤独

散文诗章
PROSE PSALMS

爱的旅程(十三章) 　　　　　爱斐儿

爱的旅程（十三章）

□ 爱斐儿

深入秘境

总是那么美。

黄昏降临，晚霞把一条升高的道路铺满寂静的蔷薇，微风拉着成群的小星星往天上跑。朝圣者拍拍满身霞光说：走吧，前方即是秘境。

走了那么久，朝圣者才到达秘境，朦胧的事物和气息，既像沉香又像蜜蜡，风也轻得像一声问候。

这是最安谧的夜晚，菊香点亮灯盏，温暖的光舒缓地铺满一支夜曲，英雄卸下了铠甲，猛虎细嗅蔷薇，凤凰飞向梧桐，所有的爱情因与爱人近在咫尺而思念减轻。

夜幕搬来看不见的森林、湖水，万物都因为走过了白天，而停在月色的涟漪里，听凭溪流喊回鹿群、天泉喊来露水，勇士收回漂流四方的心，用内心的绿洲去换下途经的沙漠，用静谧的星光去换下烈酒。

当爱的私语之声垂下灵霄宝帐，秘境像一场美梦紧抱另一场美梦。

绿　洲

我们不约而同地原谅了这个荒凉的世界，你从天涯带来了芳草，我从湖水里带来了月牙。

我们在月圆之夜到达了沙漠，一切事物皆在后退，我们惟一能做的，就是在一座荒漠之中建造一片绿洲。

风也曾经吹过我们孤单的双肩，现在，春天正从我们的双手长出来，数不清的花朵、骏马、大雁和蚂蚁正从远方赶来，看到绿洲的人捧来了草莓和苹果，看到浓荫的人捧来了水草和蘑菇。

一个人走了很远的路，那么多的遇见为何都不是真正的相遇，那么多看见为何都不是真正的发现？

在一支忧伤的曲子里坐久了，我们也许习惯向悲观靠拢，所以，只有大爱之心可以找到最美的神，并得到他的恩宠，教会我们用爱孵化太阳和星星，在绿林中放下奔跑的蹄印和鹿影，在水草丰茂之处放下此起彼伏的鹤鸣，在湖水中放下鱼的歌声。

当我们完成了这一切，一定要先低下头，深深地闻一闻，这绿洲上遍地的草香。

觉 醒

"大梦谁先觉?"许多醒来的人都在问。

比如桃花,如果不是遇见春天,她怎能知道自己与那些头顶飘过的云朵有什么不同?

如果不是开着,怎会知道自己已开成了天空的镜子、大地的眼睛?

阳光真好。

在一首诗中醒来真好。

在饱含爱意的目光中醒来真好。

所有的光都满载着温暖的能量。是美丽的光,让原本美好的事物接近了本质和真相。

当她们次第走进春光之内,当她们无条件地献出明媚和花香,她们本真地认为自己就是明亮世界的一部分,并不觉得自己与落在春水里的粼粼波光有什么不同。

她们的花香与光芒只是被春风借用,便成为能量贯通的一部分,亲近她们的人不但得到了关怀,还找到了自由,有些人则利用被唤醒的心,用来觉知至真、至善和至美。

她们多半不说话,羞赧的神情让她们看起来更加单纯,仿佛一个人半生的清澈和宁静。

如果问到她们与世间的相挈之美,她们会说,她们只是刚好来到了自己的今天,她们只是借用一枝桃花绽放自己。

她们其实就是比海棠或月季觉醒得较早一点,内心充满灵性,将一切有情众生视为另一个自己,与万物一起永驻完美的和谐之中。

经过尘世

尘世这么满。

而我们拥有许多东西,比如商品、学识、三餐、权利、思考、斋戒,比如南山下的菊、太平洋的水,比如生死。

尘世拥有天然的吸引力。

我们只能以坠落的方式接近它们,有时与光阴同流,有时与红尘为伍,有时索取和付出,有时奉献和感恩。

只是,熙来攘往的人流中,贫乏的人会一直贫乏,富足的人未必一直富足。

虽然在尘世拥有一切可交换之物,但不是每个人都能得到最心仪的东西。

到处都是匆忙奔走的人,来不及看清自己的影子就进入了一部庞大的机器,在惯性里迷失,在迷失里沉湎于游戏。即使有人换回了自由,有人换回了孤独,有人换回了荣光,有人换回了耻辱,但在所有的交换中,无一例外地换回了与心对应之物。

是的,尘世是满的。

假象因为其庞大的阴影看起来比真相更加易得,走向轮回和走向使命看起来布满同样的玄机。

只有少数人能够区分它们不同的色彩和光线。

比如朝圣者和他的伙伴们,他们心中有同一片圣地,他们只是经过尘世这一段路程,留下爱的身影,美的足迹,认识他们的人说他们是一群善良的人,认出他们的人称他们为朝圣者。

此岸与彼岸

一条河，有时候，也许会被命名为小月河。

其实，一条河就是一条河。你就是需要立于她的身旁，听她说，听她唱，听她把一座城池交给一片云烟，听她把有形的故事说成无形的光阴。

此岸如果就是我们的诞生之地，那河流就是我们走过的人生，包含所有的欲望、苦痛、罪孽、虚荣、耻辱、绝望、宽恕、爱恨、情仇。

它们同处同一条河流，咆哮或安宁，奔腾或沉静，就像罪孽本身蕴含着宽恕，就像一个孩童本身蕴含着老人，就像所有的新生都蕴含着死亡，卑微中蕴含神圣，动荡中蕴含着静谧，聪明中蕴含愚钝，无常中蕴含着虚妄，就像所有的濒死者都蕴含着永生。

它们时而泥沙俱下，时而静水流深，圆满和缺陷都是这条河，过去的、现在的、将来的，也是这条河，她只是流淌，只是顺应，仿佛她的流淌就是一种静止，不问原因，只是向所有的生命提供水源，带着爱的滋养，从不担心饮用过爱之琼浆的人，有没有像她一样把慈悲之爱带向了远方。

我的一生就像一滴水经过河流。

河水的起伏就是我的起伏，河水的痛苦和喜悦就是我的痛苦和喜悦，河水的旧貌就是我的新颜，河水爱过的一切就是我爱过的一切。

轮　回

花开和云水都是流逝。

一场风吹亮短暂的光阴，也把那么多人眼角的水分吹干，同时也吹宽万千条道路。

许多人走在不同的路上，有时候擦肩而过，有时候短暂同行，对于许多人来说，未来广阔无边，看不见的远方不是因为距离就是因为暮色。

一春一秋，花谢即轮回，云散即流年。每一个灵魂都那么孤单，那么小，要么就随抒情的流水向东，要么就跟随繁华景象误入歧途，有时候还来不及躲开阴霾，风雨又来了。

有福的人会听到自己内心神灵的声音而得到指引，获得了爱的甜蜜；不幸的人被卷入滚滚红尘，在小小的欢愉中获得虚假的满足。

燕雀和鸿鹄看起来都在飞，但是，有的去思想、去追寻，有的去觅食、去游荡，它们的影子同被白云提着，在尘世看来，那些翅膀都一样真实。只有命运知道，那些四处游荡的翅膀只能去往轮回，那些唱歌的翅膀将飞向天堂。

仙人承露

一双举过头顶的手臂，几千年都没有放下过。

他想承接一场真正的瑞雪或秋水——那高于尘世的天香之水，他要留住那未经尘世的天泉，给那些只用洁净止渴的人。

一定有一场雨落在某个秋天。

特别是在最后一声轻雷里，落雨的花丛已看不见白色的蝴蝶。

如果你能够与心淡如菊的人同行，如果雨水落在满池的荷叶上，如果雨水能够被仙人举过头顶的玉盘承接，那就不再是一次虚行的漫步。说来，有洁癖的人，更希望更多的水源自干净。

　　一场雨穿着阴凉秋风，让一些人心里的苦流出来，也让一些人的暖意流出来，是仙人举过头顶的玉盘，承接着来自上天的恩宠，每一滴都收藏着很美很庞大的思想，每一滴能让沾满灰尘的心露出清秀的容颜。

　　如果你正踩着地面的水花，侧耳聆听雨滴落入玉盘的声音，其时是雨的，其心是晴的，其味是甘的。

　　如果雨下得很慢，如果有一位挚爱的人陪你——

　　请品味这秋雨的气息，

　　请品味这易失的气息，

　　请品味菊香沾满雨水的气息，

　　请品味残桥跨过湖水、断垣连接遗迹的气息，

　　请品味眼下的芦苇，雨中的远树，

　　请品味一个人眼神中的爱意、唇边的笑纹，

　　请品味一场雨催生的感动，还有绵绵诗意的馈赠，

　　请品味仙人承露时微笑的气息，

　　除了爱，请品味更多的悲悯。

雨　树

　　多年之后，我依然会记得一棵树的样子，它在我的诗歌里从一棵含羞草长成高大的雨树。

　　我承认，我不是第一次写树，我在见血封喉中写遍了一个人的爱恨情仇，我在胡杨中写尽了一个人的苍茫和辽阔，我写一树梨花时，微风吹拂、星光汹涌，当我写到雨树时，我正在端详越来越缓慢的时光和更缓慢的心，如何被美吸引，被爱缓缓打动。

　　一棵雨树站立的地方，远方有轻雷，近处有蝴蝶，离得越远越感觉心疼。

　　谁也无法作证，为何我喜欢站在近处端详你，是因为我看到了久违的羞涩跃上了你的双唇，却把雨水和露水皆藏于胸口，像一个羞涩的人藏着"爱你"两个字羞于说出口，就像一颗沉默的露珠即使心有渴念，也不愿轻易开口赞颂黎明。

　　我一直相信，美和美就该在一起制造更多的美，先于平淡和平凡，释放出脱俗的气息。

　　我只是一不小心遇到了你，并爱上了你，顺便也爱上了你身后的一座森林。

　　而我一直有个疑问：是不是羞涩的人拥有更多的灵性，一棵含羞的树是不是内心更加清澈和良善？

　　现在，你是一棵枝叶繁茂的雨树，靠着你的时候，我们就像活在同一颗月亮里，我在你的丰沛里听风、听雨、读书、弹琴，偶尔走神、答非所问，看见你关闭叶片、咬紧下唇，就瞬间忘记了你曾经是一个住在月宫里的人。

爱的旅程

　　"每个圣人都有过去，每个罪人都有未来。"

当她听到神的声音说：心中要有爱，她已走在朝圣的路上。

一路之上，春风和雨露如影，泥泞与坎坷随行，万物被光明照亮的时候，也被不同的声音告知：美景也是陷阱，坦途也是歧路。

无论走到什么样的境地，你只需要微笑代替哭、需要按压心中的风雷只言云淡风轻，需要你口含黄连的时候要有糖的表情，需要你陷入泥淖的时候懂得忍耐。

而她从未被告知需要走过多少旅程，又要经过多少干旱和贫瘠、沙漠与荒野，才能进入生活真实的层面。

你会遇到很多同样行走的人，就像你在诗中看到的一样，沿着一条缓慢的河流去采摘和播种，而生活的层面下还隐藏着很多狼虫虎豹？

一个把爱当作惟一信仰的人，爱就是她的路标。

每一次出发都是朝圣之路的一次延伸，就像鲜花和枯萎都是大地的呈现。

越往前走，她就和一阵微风越来越像，走过道路又留下道路，走进浮云又穿过浮云，内心的空洞和丰盈一样多。

因她相信，只有爱过的灵魂才算真正拥有过此生。

当岁月流逝，所有的东西都会消失殆尽，惟有爱的气息还恋恋不散，惟有往事还会历历在目。

当这一切都成为回忆，她蓦然发现，这就是神让你爱的一切啊。

发　现

至此，我们在一座红桥上停留下来，眼角含笑，互致问候，小朵的春风手提良辰，仿佛船桨敲响船舷，灵魂的摆渡人遇见了另一个。

如沐春风的感觉开始在他们身边聚拢，清晨时分尤为芬芳，仿佛一睁开眼，柔和的光线万缕千丝全部指向露珠和草尖，而遍野花草，正簇拥着两个笑容灿烂的人向你迎面走来。

正像所有的好故事，婉转的线索一端埋伏着经典桥段，光阴引来河水，河水捧出一座红桥，红桥连接都城两岸，一边是昨日，一边是明天，两个灵魂轻盈的人正巧走到桥的中间。

不是谁都有缘遇见想要遇见的人，也不是所有的遇见都让日积月累的雾霾消散。

尤其是两个洁癖之人，在红尘中行走了这么多年，终归只是证明所有的跋涉不过是为了一次发现。

细细想来，他们曾在浮世中沉溺，收敛光华，用美而无用的光阴证明一种虚空的存在，如果不是古老、真纯、自由、充满灵性的相似的灵魂认出了彼此，你怎会知道一个和自己最亲近的人也在致命寻找。

"如果真的有天堂存在，你是我最想在天堂见到的人。"

这句话像一束强烈的光，把他们的世界"欻"的一下全部照亮，他们为这束光命名为"爱"。

升　腾

是灵魂托举我们完成了最后的升腾，让我们抛开心头沉重的雾霾，开始了一次阳光旅程，虽然我们并不知道这将是一场幻游仙境般的朝圣之旅。

当我们飞越波涛汹涌的云层，我们的心已成为云中的双翼，气象万千中的穿行，因为两颗心的共振而变得云蒸霞蔚。

怎么记述那一波高过一波的感动？比如一路上的呢喃低诉，满目疏朗清风，每一眼都胜过至清真水。

没有谁能了解这万里征途，为何恍然如一阵清风吹拂杨柳。

我们一路行走，心比任何时候都更加安宁。

我们甚至知道灵魂的蓦然对视，恰是确认彼此已获得爱的恩宠，我们从此将成为最有勇气和力量的人，不但要建造我们的天空之城，我们还要互为天堂。

靠　岸

"心已靠岸，爱已生根。"这是对一种状态的最佳描述。

就像描述种种行迹，就像一个局外人穿行于各种各样的荒芜冷漠之间，面对各种粉墨登场的表演，时时介入生死考验，对于将要遇见的事物一目了然。

一场大戏正在讲述一个人将从生之此岸出发，穿过自己内心浩渺无边的水域，到达死之彼岸、心中的家园、理想的天国。

可是，为什么总有人心生恐惧，在恐惧中无声漂浮挣扎，无法得到光的指引获得最终的救赎？

有谁能确切地知道那摆渡你到达彼岸的光就是爱，而得到爱的前提必须是你得成为爱的本身？

有谁常常自问爱过、被爱过，却从不觉得爱的完整？

其实我们也这样问过，我们就是在这样的追问中完成了对爱的追寻。

当然，也时有叹息穿过我们的声音：唉，人生一世，又有多少人真正懂得和体会过真正的爱呢？

只有找到了爱，而又真爱过的灵魂，才知道靠岸的感觉，就是灵魂找到了皈依之所，爱在心中扎下了根。

回　眸

回忆时常从第一眼开始，就像琴弦闻听第一个泛音。

只有高山才会知道，一曲高潮迭起的流水，需要怎样的怦然心动作为相认的缘点，又需要怎样的琴瑟和鸣才能动人心魄。

在此之后，每次回忆的源头不断被注入活水，因为值得永久保存而不断复制那最初的场景。

那些出场的姓名都只为把我们推向孤单的一隅，我们会用虚化的背景来凸显那一刻的心领神会。

谁经历过那相视一笑的时刻谁会知道，"啊，你击中了我！"是一种什么样的体会。

两个来自寂静之地的人，曾经相遇过许多伤痕累累，看见过那么多迎面走来的陌生又成为一些孤独的背影，即便如此，还是有人走在朝圣的路上，只为探寻，只为发现，只为留下足迹证明爱的存在。如果爱是缘点，是方向和路标，我们又怎能越过爱，而趋向别的事物？ Z

临江仙·雁

万郭千村飞暮雪，孤身老翅盘桓，皇都灯火夜阑珊。几番寻觅后，暂得一枝眠。

莫劝衡阳无限好，也知前路弯弯，也知高处不胜寒。我心今已决，我意在长安。

清平乐·北京生活札记之四

酸肩痛臂，拎着油和米。难得此时人不挤，地铁换乘公汽。

履匆匆，一轮皓月溶溶。一夜西风有恨，一帘幽梦谁同。

过秦楼·秋兴

万里云穹，万山红遍，万顷碧波初冷。槐分浅韵，桂扑浓香，各自慢摇清影。连夕晓雾难开，西北寒流，东南霜应。叹飘零一叶，魂牵何处，楚天荆岭。

回首又、半壁诗书，半生劳顿，半数不堪重省。梅花弄曲，玉笛催归，总在夜深人静。侬语叮咛再三，离合随缘，死生由命。看江滩苇草，白发风骚独领。

摊破浣溪沙·野趣（新韵）

为采池边那朵花，草虫惊我我惊他。偶见槐阴陡坡下，有西瓜。

带抛衣斜过坎，屏声敛气倒攀崖。隔岸却闻村妇喊：小心呀。

八声甘州·癸巳中秋寄怀

一个人独自客他乡，怎么过中秋。摘一轮玉镜，装盘月饼，对酌牵牛。或者邀来织女，续一段风流。然后忘情地，一醉方休。

天上繁星落尽。我依然还在，借酒消愁。恨思亲时节，相见总无由。这些年，那些旧事，已尘封，才下了眉头。谁曾想，北漂之后，又要登楼。

水龙吟·登北固亭怀辛弃疾

千年前的江山，千年前的风和雨。少年的梦，轻于烟雾，穿过巷陌，细于尘土。那一腔热血，满怀壮志，浸润了，英雄弩。不管此弓开否。但翻成、稼轩词句。几分激越，几分惆怅，唱红万户。报国之心，平戎之策，中兴之举，已随京口这，名亭北固，镇江千古。

画堂春·忆弟

那年那月那重阳，无风无雨无霜。有田有地有池塘，还有花香。山水可能记得，有我们或许遗忘，曾经一起捉迷藏，直到天光。

刘能英诗词选

无题
无端老大客京华，忍看银蟾上碧纱。
有子有夫聚不得，三人三处各思家。

别友
多谢年来独我尊，交情到此赖诗存。
临行故作寻常别，未及回头泪已奔。

偶感
梧桐叶上起秋声，扰我中宵梦不成。
便与婵娟相对望，各怀心事到天明。

三沙设市感赋
永兴岛上驻新衙，位接仙居第一家。
草木三千皆有主，琼波万里属中华。

答侄
十平米换八平方，数日皆为此事忙。
不是小姑偏爱小，只因小处得阳光。

鹏城回京出租车上作
朝阳归路夜凉凉，槐叶飘飘梧叶光。
满地愁心风不扫，更教寒月补严霜。

丙申冬日记事
两重帘外日昏昏，市井声催出寝门。
一路朝西再朝北，雾霾稀处见田村。

落叶
已是天寒暮色苍，何妨更使北风狂。
好将一段伤心事，吹向深山深处藏。

乙未中秋杂感之二
节近中秋寒气生，莫名烟雾笼行程。
奔波百里还千里，辗转三更到五更。

北漂札记之二
何处飘来桂花雨，梦中湿了杜鹃声。
西风着意横吹叶，一夜啼乌栖复惊。

乙未杂感兼寄亡弟
镇日红笺小字题，任它明月又沉西。
一冬看尽前门雪，百里滩头路转迷。
但觉囊空嫌米贵，每因床窄抱书眠。
可怜二载三更梦，不到长江汉水边。

乙未札记之十
五更篱下风将止，岁近年关何攘攘，雪凋霜树色凄凄。
知卿念我无穷夜，痛到心尖不敢啼。

卜算子·北漂札记之十
暮色合窗纱，寒气侵楼阁。独坐三更苦作诗，诗寄云中鹤。
明，起赴东城约。街上疏疏八九人，雪在无声落。

诗人档案
THE POET FILES

□ 特邀主持　三色堇

LIANG XIAO MING

梁晓明

我曾经从树叶上屡次起飞
我将手深深插进泥土
这生命里最旺盛的一处泉水
是谁，在一小包火柴中将我等待？

——《真理》

梁晓明

1963年生。1984年开始写作。《诗江南》副主编。1987年与孟浪、刘翔等诗友一起创办中国先锋诗歌诗刊《北回归线》。1994年获《人民文学》建国四十五周年诗歌奖。1985年起作品陆续被翻译介绍到日本、德国、美国、英国、土耳其、韩国和台湾地区。出版诗集《开篇》、《披发赤足而行》及《忆长安——诗译唐诗五十首》。2009年5月9日出席上海德国领事馆举办的"梁晓明和汉斯·布赫——一次中德诗歌对话"。2011年应邀出席在韩国首尔举办的"第二届亚洲诗歌节"。2014年8月10日出席上海民生美术馆主办的"梁晓明诗歌朗读会"。2016年出席东京首届中日现代诗人研讨会。

主要作品

诗集：
- 《开篇》 世界知识出版社 2008
- 《披发赤足而行》 加拿大艺术长廊出版社 2008
- 《忆长安——诗译唐诗五十首》 上海古籍出版社 2007

各 人

你和我各人各拿各人的杯子
我们各人各喝各的茶
我们微笑相互
点头很高雅
我们很卫生
各人说各人的事情
各人数各人的手指
各人发表意见
各人带走意见
最后
我们各人各走各的路

在门口我们握手
各人看着各人的眼睛
下楼梯的时候
如果你先走
我向你挥手
说再来
如果我先走
你也挥手
说慢走

然后我们各人
各披各人的雨衣
如果下雨
我们各自逃走

玻 璃

我把我的手掌放在玻璃的边刃上
我按下手掌
我把我的手掌顺着这条破边刃
深深往前推
刺骨锥心的疼痛，我咬紧牙关

血，鲜红鲜红的血流下来

顺着破玻璃的边刃
我一直往前推我的手掌

我看着我的手掌在玻璃边刃上
缓缓不停地向前进

狠着心，我把我的手掌一推到底
手掌的肉分开了
白色的肉和白色的骨头

纯洁开始展开

真 理

我将全身的瓦片翻开，寻找一盏灯
谁在我背后鲜花盛开？

我曾经从树叶上屡次起飞
我将手深深插进泥土
这生命里最旺盛的一处泉水
是谁，在一小包火柴中将我等待？
我燃烧，将时间里的琴弦
齐声拨响
在一把大火中，我的白马出走

现在我回家，灯光黯淡
是谁在飞檐上将风铃高挂
在眼中将瓦当重新安排？

将逝去的呼吸声细数珍藏，我高举
一支箫
无人的旷野上，我的箫声
一片呜咽

半夜西湖边去看天上第一场大雪

我决定与城市暂时分开
孤独这块围巾
我围在脖子上
走到断桥想到
爱情从宋朝以来
已经像一杯茶
越喝越淡

在太平洋对岸美国人

白脸庞黑脸庞交相辉映
希望是今夜下在头顶的大雪
让杭州在背后闭上眼睛
我站在斜坡
与路灯相见

亭子里楹联与黑夜交谈
远处的狗叫把时间当陌生人
介绍给我
坐到栏杆上
我的灵魂
忽然一片旧苏联的冬天

挪威诗人耶可布森

我和树寂寞的时候
想起耶可布森
戴宽边眼镜的耶可布森
挪威一条冷清的大街上
独自散步
坐下来写几句阳光的诗
床上考虑播种的诗
喜欢看陶器上反射出来的光
喜欢写街边老人的手
关心森林里蚂蚁的生活
叫大海说话轻一点的
挪威人
耶可布森
他说死
不是死
死
是一缕烟
在空中
渐渐散开
的
透明过程

挪威人
耶可布森
在我寂寞的时候
就这样
来敲敲我的门

用小号把冬天全身吹亮

刮过太阳的鼻子、搭过村庄的肩膀
　　最后我来到天空的瓦片上

打开抽屉的心事、锉造钥匙的眼睛
　　最后我差点变成了木匠

驾驶过飞机、潜入到海底
　　曾经挽着带鱼唱歌

曾经把美国当虾仁吞下
曾经举手掌挥舞家乡

认识月亮的版图、访问过大雨的厨房
　　用小号把冬天全身吹亮

和栏杆一起微笑、坐谈非洲的头发
　　曾经像燕子一样优雅

和狗熊一起下棋、与香蕉一起叹息
　　我和我是巴黎的两户人家

歌　唱
——献给折磨我、温柔我、疯狂我、遐想我的YKM

我为什么不歌颂我杭州的爱情？
我直达盲肠的她菠萝的笑容
她纤小的手指、白糖的嘴唇
她床单一样清新的哭泣，在我跋山涉水的
肩膀之上
那一大片流自她嘴边的湿润
我几乎是一件古埃及的木雕、黑色锅底的脸
被无数大街的冷风逼视
在深渊石头的挤压中
一枝荷花几乎是一大把梦想的头发
在光芒四射的星空之上照亮了灰墙

我弯曲的孩儿巷、我凄美的青春门

深沉的护城河像她蜿蜒而曲折的翠绿呼吸
飘带忽然回收的下巴
此刻在我的钢笔下盘旋,在白纸上播种
舞蹈着她那鼓点似的白色脚尖
她朴素的自行车几乎是我枕头上惟一可以遐想的
　　大菊花

可以抿唇的大菊花、可以抿唇的小小蜜蜂
在我的天空下她的眼睛久久盘旋
在我透明的两耳轮上
她是一件飞翔的长裙子
在杭州,断桥几乎是一句歌唱

但音乐从骨头里响起

从骨头里升起的音乐让我飞翔,让我
高空的眼睛看到大街上
到处是我摔碎的家

我被门槛的纽扣限制
我不能说话,我开口就倒下无数篱笆!

我只能站着不动
时间纷纷从头发上飞走

我当然爱惜自己的生命,我当然
愿意一柄铁扇把我的
星星从黑夜扇空

这样我就开始谦卑、细小,可以
被任何人装进衣袋
乐观地带走

但音乐从骨头里响起,太阳
我在上下两排并紧的牙齿上熠熠发光

我只能和头发并肩飞翔!我只能朝外
伸出一只手
像一场暴雨我暂时摸一下人类的家

无论我愿不愿意

无论我愿不愿意,天还是黑了下来,
它从门外黑进窗台,又从屋顶黑到了桌面,
它很快黑到了我的手指
我如果不开灯
我心里就会装满黑暗

我的心里已经黑暗,它挥着欢快的小手
挤在眼睛边,它要走遍我的全身
它要在血液里扎根和发芽

我要起身开灯,但我却纹丝不动
我看到黑暗降临大地
我不能幸免

遥远的星星自己发光
像一粒粒
自在的萤火虫
它越过时间,独自前行
直到与黑暗相敬如宾

漫　游

我身上落下了该落的叶子。
　我手下长出了该长的语言　我歌唱
或者沉思　我漫游,
　　或者在梦境中将现实记述

我已经起飞　但飞翔得还不够
　我低下头　我在褐色的泥土中将水分清洗

钟声不响,我的歌声不亮
　正如一轮太阳使夜晚向往
我跟着一只鸟,我观察一群鹰
　我在过去的传说中展开了翅膀

是告诉你的时候,我在说着故事
　是繁盛的开端,我在倾听着寂静
好像是一种光　我在光中回想

在最大的风中我轻轻启动着双唇
没有字，没有让你领悟的通道

已经落下了叶子，但落得还不够
　　在应该生长的地方　我的飞翔在飞翔中静止。

进　入

那在风中久藏的，风必将使他显现，
　　正如一滴水
他来自大海
　　他的归宿与泥土为伴
我经历过风，我深入过最早的语言
　　在风中歌唱的
风将最后为他而歌唱

我领略过这一切。我沉思的手
　　在不可升级的高地上停留
在闭门不出的庭院中开放
　　或者布种
好像是最好的梦境为眼睛打开
　　为城堡打开
为最迟的旅行者卸下了负担
我与风一起深藏
　　与歌一起高唱
在棉花地里我深入过季节
　　旺盛的季节
为落叶而鼓掌
　　为丰收而站立畅饮黄酒

最烈的黄酒也是我最不可忘怀的回想
　　我一点点记叙
我一点点遗忘
　　我一点点走入我生命的中途

重　阳

节日如鸟，纷纷散了，如烟缕离树、杨花点点
非行人泪、是一个季节过去
几艘偏栖的小舟
无人划

静悄悄停泊在文字中间

惟一到家的自己
恍若从家中刚刚出发、没走远、一转眼又回来

都是空的、手边、心内、眼中满是杨花点点、非
　　行人泪

倒点小酒、小杯、自送唇边
友人离婚、有友去世、有老人更加走得遥远……

喝下！脸膛早已不再光滑、皱纹如伤痕，
有短有浅、有的与时光一起消散

节日如鸟、纷纷散了……

以　后

以后
我将会变成一个老头，独自
提着一瓶好酒，
来到江边
无人知，也无需人知，

坐下来
衣衫不能太破，最好有几块
鲜嫩的牛筋，像我喜欢的
与世无争。

坐下来，看见鸥鸟一只只斜飞
和展翅

我膝盖上点手指，抬头望：展翅斜飞
多好的样子。

风　铃

我喜欢风铃
我喜欢风铃叮叮当当一片空荡的声音
我喜欢风铃左靠右晃屋檐下一种不稳定的身影
我喜欢风铃被斜阳照亮闲暇说话或干脆一言不发
我也喜欢暗中的风铃、门廊下紧张的风铃

宝塔上高挑寂寞
和孩子手中被拎着的风铃

路上的狗、沙漠上难看的骆驼颈项下倔强的风
　　铃，
风沙越大，它说话越响
声音是它的命。

我喜欢风铃
我喜欢敲打宁静的风铃
坐在孤寂的家里，停下来和岁月相依相伴的风铃

应该听一点声音、应该有一挂风铃
应该有一些眼睛从风铃出发
或者与风铃结伴而行

林中读书的少女

纯。而且美
而且知道有人看她
而更加骄傲地挺起小小的胸脯
让我在路边觉得好笑、可爱、这少女的情态
比少女本身更加迷人

少女可以读进书本里去，也可以读在
书的旁边、读在树林、飘带似的小河、一辆轿车
也可以读在我这半老男人注意的眼光中

唉，少女，多可怜的年龄和身体
娇细的腰、未决堤的小丘和
狐疑未婚的心

少女纯白的皮肤让人心疼，而且她还读书
而且还在林中，而且还骄傲地觉得有人在看

哪怕我走了，她还骄傲地觉得
有下一个人……

诗　歌

诗歌沿着我两条眉毛向后脑发展
诗歌拥抱我每一根头发
在每一块头皮上它撒下谷种
诗歌在我的鼻孔里醒来
醒来就迅速张起篷帆
顺流而下
诗歌冲破我的嘴唇
可以听到鸟声和太阳
云彩向波浪打招呼的声音

诗歌翻山越岭找到我的手脚
它穿过天空发现我的眼睛
明亮像一块少见的玻璃
甚至照出了他的胡须
它两鬓斑白为了今天
有一张喉咙好安排它露面

诗歌流着泪靠在我肩膀上
诗歌站在我耳朵上歌唱

盎然的诗性感受与存在的诗性意义
—— 梁晓明诗论

□苗霞

梁晓明自1984年开始写诗，至今在三十多个年头里创作出了数百首诗篇。在这数百首诗篇中，诗人努力地发出自己的声音，甚至追求"应该有一种声音，在不是声音的地方/他挺身显现"（《声音》）。在我看来，他的声音诉求可以归为两类：一是叮当脆耳的风铃声；一是雄浑尖利的海啸声。前者以《节日》、《以后》、《风铃》、《林中读书的少女》等为诗意柔婉的代表；后者以《开篇》组诗、《告别地球》组诗、《剥》、《玻璃》、《我将第一人进城》等为刚烈严峻的代表。对于前者，论者多有提及，但笔者认为恰是后者奠定了梁晓明在第三代诗人群中的地位和价值。这些诗歌，因其独异的诗歌观念、超拔的诗歌想象力、极强的主观表现力、措辞方式的个人性、更重要的是诗对思挺进的幽深等方面，构成了当代诗坛的另一面景观、别一种高度。笔者接下来的阐释主要是针对后者而展开的。

初读梁晓明的诗歌，第一印象来自于其语词或狂暴或温柔的感受性。他的诗句总能巧妙地把情感、思想、精神上的感悟化为身体上的感应，仿佛摸到、触到、听到、嗅到、看到那抽象无形的一切。这样一来，其诗句具有可感触性，读者能感触到其思之轮廓、色彩、声音、重量、硬度等。譬如"孤独这块围巾/我围在脖子上"（《半夜西湖边去看天上第一场大雪》，"那曲子像是刚从眼睛里流下来/湿淋淋的都是泪"（《二泉映月》），"阳光在她的皮肤里走动"（《办公的时候》），"时间纷纷从头发上飞走"（《但音乐从骨头里响起》）等等。这一点，是诗人一贯的诗歌信念和追求。早在1986年创作初期，诗人在其诗篇《诗歌》中就写道："诗歌沿着我两条眉毛向后脑发展/诗歌拥抱我每一根头发/在每一块头皮上它撒下谷种/诗歌在我的鼻孔里醒来/醒来就迅速张起篷帆/顺流而下"。对梁晓明来说，对诗的认识来自于身体的综合反应。直到2012年的《向诗说话》他还坚持着："它是裸体、是踩着你的身体一路走来的/你的欣喜、醉后的悲伤/是无法后悔的你暗自的耻辱。"可以说诗歌是从诗人的身体上生发出来的，带有他的体温。

身体化是梁晓明一个隐喻的诗性思维模式，诗人以此来感知的世间一切物象、事象乃至抽象都是血肉丰满、感性立体的。这样一来就不难理解，散撒在梁晓明诗歌中的天空与大地、植物与星辰，如"大雪"、"海水"、"燕子"甚至于连一些抽象的、形而上学的概念如"时间"、"声音"等，也被诗人冠以"你"、"他"的人格化称谓。即使是抽象哲思也以温度、湿度、色彩、形状、线条、质地、声音或寂静的形式，进入其听觉、视觉、触觉、味觉、嗅觉的意义谱系。身体化思维会造成其语言的细腻感觉化，语言的感觉化也就是诗歌的"诗意"化。诗意是什么？"诗意并非什么缥缈之物，它就置身于纯朴的感性和清新如初的感觉经验中，置身于如雨后的晨曦一样的目光中，一首诗之所以说它没有诗意就是说它的可体验的感觉经验的匮乏。"而梁诗，正是在这个意义上给了我们丰盈充沛的诗意化。

第二印象是其超拔的想象力，在其每一个词语之顶巅及每一行诗句之深谷中涌动着一股独特的想象之光。读梁诗，如同重临想象的没有边界的千座高原。有的想象狂放峻急，可以上九天"认识月亮的版图"，下深海"挽着带鱼唱歌"。听听吧："是谁，在一小包火柴中将我等待？/ 我燃烧，将时间里的琴弦 / 齐声拨响 / 在一把大火中，我的白马出走"（《真理》，"刮过太阳的鼻子、搭过村庄的肩膀 / 最后我来到天空的瓦片上……驾驶过飞机、潜入到海底 / 曾经挽着带鱼唱歌……认识月亮的版图、访问过大雨的厨房 / 用小号把冬天全身吹亮"（《用小号把冬天全身吹亮》），"所有纪念碑都顶着我的鞋底，风暴挤入我内心……/ 我洁白的骨头向喊叫逼近"（《刀子》）。有的想象温婉柔丽，浸涌着一种古典诗词的流韵神采。听："和栏杆一起微笑"（《用小号把冬天全身吹亮》），"亭子里楹联与黑暗交谈 / 远处的狗叫把时间当陌生人 / 介绍给我"（《半夜西湖边去看天上第一场大雪》），"一枝荷花几乎是一大把梦想的头发"、"飘带忽然回收的下巴"（《歌唱——献给折磨我、温柔我、疯狂我、遐想我的YKM》），"她笑起来像石头上溅开来的水花"（《22岁时有一个冬天》）。有的想象奇崛吊诡，不惜以芜杂乃至歧义的方式使诗具有多重阐释的可能。如"在眼睫的堤坝上 / 向大海的更高处眺望"（《说你们》），"我太沉重 / 一开口你就将步入森林 / 钢刀将使你重新出血 / 那片原始的沼泽、那片蒸腾的光 / 将使你步入危险的峰顶"（《病》），"读到我的脸在一个最小的标点符号上 / 一个逗号 / 沿着江南的雨丝从天上 / 挂到地下——"（《一点人生》）。至此，你不能不佩服诗人想象力的开放阔展和纵横捭阖。想象力这匹放纵无羁的野马随意地穿梭于诗景的各个层面，传递出一种从文本内部扩张来的自由自在感。

无论其想象是狂放峻急、温婉柔丽，还是奇崛吊诡，有一点是相同的，构成其想象王国的材料都是日常物象、语象和事象，但诗人在想象的高飞远举之中去掉了这些现实材料的习惯的、传统的意义，用它们建造了另一个诗意葳蕤的世界。至此，想象成了诗人真正的创造抒情的想象。这种意象度集中而锐利的想象方式带来了其诗歌语言的特殊肌质、纹理，具有不能为散文语言所转述和消解的本体性。我想，所谓的诗意还包括此吧——现实与想象间的遥远距离，及其所导致的一种会飞翔的语言。

对梁晓明诗歌语词的感受性和其想象之光的论述只是一种外围式的逡巡，远没有进入其诗歌的内质。那么梁诗的内质又是什么呢？我认为它是一个坚固的核，核的中心是巨大的存在感。对梁晓明来说，诗歌远非是一刹那的感兴，瞬间的哀乐，诗更是存在之思，是对生命的澄澈，写诗就是精神的突进。出于这样的信念，深入、进入成为了诗人内在的努力向度。在《进入》中诗人唱道："我经历过风，我深入过最早的语言"。进入诗，进入语言，也即进入时间、生命、岁月、存在的深处。诗歌写作是语言和存在同时打开的过程。所以，诗人又唱道："在棉花地里我深入过季节"（《进入》）。"我能否深入泥土？深入花？""我曾经深入过最早的稻谷？"（《深入》）"曾经深入人间"、"曾经深入画眉和危岩"、"深入过权力"（《偈》）。这一切的深入和进入无疑是对生命、岁月、存在的多向度、多方面的掘进和勘探。而这种进入深入又是那样的犀利坚锐，原因是"在风的永恒吹拂下 / 我变成了一把刀子"（《刀子》）。尼采说过：真诗人是用刀子对他们时代的美德的胸膛进行解剖的。对梁晓明来说，这种解剖不仅如此，还是对于自我心灵史和精神史的无情解剖："哪怕我被颠簸出车厢，在乱石撞头的血液中 / 我依然坚持在血液中剥、强忍着疼痛朝向往中剥……"（《剥》）这使我们领略到了"解剖"的痛楚与入木三分的犀利。难怪诗人会立下这样的誓言："我将说遍你们的屈辱、光荣、尴尬、丑陋 / 我用大海的语言，钢铁的心"（《说你们》）。

在进入的同时，诗人也退居收缩，从世俗的存在中退居到个人化的心灵空间。"我也将退居，在娇小的窗前 / 在自己擦亮的天空之下"（《进城》），"我越狭小越空旷，越孤独越是腾出了容纳世界的宽大旷野"（《我和诗歌的关系》）。进入，是对"在"的不倦追思；退居，是对"诗"的永恒坚守。退居下来的我甘愿做一棵树的等待，"我是树，等待便是一切 / 我是树，或者我就叫等待"。等待的日子就是做蛹的日子，自己研究自己的脸的日子，是另一侧面的进入。所以说，进入和退居互为条件又互相打开，是个"二而一"的问题，二者构成了梁晓明创作的内在精神路向和致思趋向。

沿着上述的致思趋向，梁晓明诗中的思之在主要有：对死亡的沉思，对时间的沉思，对黑暗的沉思。三者浑融在一起构成了梁晓明诗歌形象中一种深沉的存在音色。这种深层体验总是关乎人本体属性的命运、死亡和爱憎，就是要使人去直面人生之真，去解人生之谜，使人的生命达到一种澄澈透明性。

费尔巴哈说过：世间最残酷最摧残人的真理就是死亡。有人还说过："死亡与诗歌是钱币的两面的艺术。"是的，死亡是诗歌最持久的赞颂和最伟大的沉思，对死亡的思索是诗人的共同主题。作为一个存在感极强的诗人，梁晓明自不会不去思索死亡。在他那里死亡首先是身体的冷却，声音的消失，视野的消失，知觉的消失，被滔天的洪水淹没，被无限的黑夜覆盖。"最后的钟声终于翻开了我的瓦片 / 我身体的各个房间都开始冰冷"（《尾声》），"感觉上我的皮肤、肝、肾、肠、肺、胆，/ 结冰的日子"（《水》）。死之国度是一种黑暗的想象性空间，密实和沉重仿佛使黑暗物质化了，它遮蔽了人物的视线，让人觉得整个世界在垂直地向地狱沉去，"在世界的尽头鸟从来不飞 / 在世界的尽头我没有消息"（《石碑上的姓名》）。但是诗人不会在这一惯常的认知面前止步，在《挪威诗人耶可布森》中他继续深化这一死亡的命意，在死亡中寻求高于死亡的东西。"他说死 / 不是死 / 死 / 是一缕烟 / 在空中 / 渐渐散开 / 的 / 透明过程"。这也许是死，但更是变化，死亡寄寓于无限的化身之中，这个过程"已经没有边缘，可到处都是边缘 / 已经没有了生长，可到处都是生长"（《石碑上的姓名》）。梁晓明的死亡观的实质在于他怀疑在死亡和生命之间是否真的存在对立，或者说它们两者之间是否真有明确的界限。所以，"死去的人在风中飘荡 / 正如我们在时间中行走"（《最初》），彰显的是存在主义哲学的生死观，即死亡就在生活本身之中。显然，梁晓明的生死之辩既有传统文化中盘古垂死化生和梁祝化蝶的神话影子，又有现代哲学中存在主义的思考。

弗雷泽曾说过，人是先有死亡意识从而才有时间意识的生物。对死亡的感知理所当然地就会带来对时间的省察。梁晓明还是一位有强烈时间感的诗人，他在诗中多次感知时间、谛听时间，或将时间拉长、变软、无限延伸，或疯狂地扑向时间，攫取时间，在瞬间中感受着永恒。他所注重的不仅是时间的尺度，还有时间的色彩和形态。"时间纷纷从头发上飞走"（《但音乐从骨头里响起》），摹写出时间如惊鸟一掠而逝的情状；"我喜欢风铃 / 我喜欢敲打宁静的风铃 / 坐在孤寂的家里，停下来和岁月相依相伴的风铃"（《风铃》），表示与时间缓慢流逝的亲近。有时诗人还会听到时间之箭穿过空气时在耳边留下的寒冷而恐怖的声音，"我的时间不多，我做得更少 / 我看着坟墓越来越急地向我招手"。对时间的感悟使诗人远眺人的生命整体，为生死之间成长和衰老的急遽短暂而抒情。人，作为生命的个体，尽管有往上飞翔的生命愿望，"眼睛在太阳上生长出旗帜"，但无可阻挡的是"岁月楼梯一样往下去的日子"，死亡的降临是必然的宿命。我们每个人都是一个历史的片断，"所以你我的脸只是一块蜡，生命是一场风 / 在夏天的活跃中我们最活跃 / 在冬天的冰冷中我们又最冰冷"（《问》）。但是，在时间翻飞的手掌下，诗人试图"将时间里的琴弦 / 齐声拨响"，"从时间中将真理确定"，把写作放在季节的门外，追求高于生命的永恒价值。这不由让人想起纪德的"花开在时间之外"，在生命中寻求高于生命的东西。这样一来，"在我的死亡中你永远不死 / 因为我逝去你再度扩宽了永恒"（《允许》）。思想者会死亡，思想却永远不会止息，思想的疆域会因为思想者的探索而不断被拓宽延展。

梁晓明的写作还从已知的境界向黑暗行进，沉入到黑暗的无限之中。他在《无论我愿不愿意》中写道：

无论我愿不愿意，天还是黑了下来，
它从门外黑进窗台，又从屋顶黑到了桌面，
它很快黑到了我的手指
我如果不开灯
我心里就会装满黑暗

我的心里已经黑暗，它挥着欢快的小手
挤在眼睛边，它要走遍我的全身
它要在血液里扎根和发芽

我要起身开灯，但我却纹丝不动
我看到黑暗降临大地
我不能幸免

遥远的星星自己发光
像一粒粒
自在的萤火虫
它越过时间，独自前行
直到与黑暗相敬如宾

该诗抒写的是夜的黑暗如何像潮水一样从"我"的眼睛里一直涌向"我"的心间。人性的幽暗意识、内心的黑暗像夜晚一样，时时刻刻都会降临，无论我愿不愿意，它都会以强有力的方式侵袭过来。波德莱尔在《汤豪泽》中说道："任何发育得很好的头脑自身都带着天堂和地狱这两种无限并在这两种无限之一的任何形象中突然认出了自己那另一半"。瓦雷里曾说过，每个人身上都隐藏着黑暗的东西。这种黑暗就是我们各人自身所带来的无限。对之，光明必须正视接受，"遥远的星星自己发光 / 像一粒粒 / 自在的萤火虫 / 它越过时间，独自前行 / 直到与黑暗相敬如宾"。诗人看到了光明与黑暗两种势力并辔而行。不仅如此，诗人还有暗中发现亮的能力，希望从黑夜中萃取出"黄金"，提炼出"精神的黄金"（《黄金》）。

梁晓明的上述诗思，从来都没有绝对化，生与死、光明与黑暗、时间与永恒不是截然的二元对立，而是对立与对应，互否与互补，如双脚般相互制约又相互提携。"最高的启示 / 恰恰来自最低暗的触动"（《故宫》），"而最高的责问 / 也恰恰是世界上最低的责问"（《深入》），"在最上品的歌声中 / 我恰恰看见下品 / 最锋利的刀刃口我恰恰看见了迟钝"（《惭愧》）。过强的思辨性使梁晓明成为一位哲思型诗人。他曾说过这样的一席话："情感，这是一柄两面开刃的利刀，幼稚与不成熟的诗人很容易受伤害。为什么我国的许多诗人和许多诗，都把情感当成了生命的归宿？诗歌的惟一家乡和泉涌？这恰恰是一种障碍、一块挡路的巨石。在此，多少人将诗歌转向了发泄（正面的和反面的）？又有多少人青春的才华一尽，便再也写不出像样的作品？这也是我国的诗人为什么诗龄短，给人造成只有青年时代才是诗的年龄的错误的传统认识。"正是意识到把感情当作诗歌表达的惟一内容的弊端，所以诗人才在诗中追求主智的大脑。

更重要的是，梁晓明的诗思不是空洞空泛的形而上玄思，而是对可触摸的此在生命与历史的感悟。诗人通过将死亡、时间、黑暗等融化在自己的血肉中，在死亡、时间、黑暗中悄然蓄入一己内在的体验，从而使它们成为对自己生存经验的更高程度的综合。诗歌，对诗人来说，是对存在的认识和对于真理的表达。如果没有这些形而上的理性思考，诗人不可能使诗歌一下子抵达人生本质。诚然，思想的纵深是沉重的、艰涩的、辩证的，但诗人借助于超拔的想象力把灵魂之思一定程度上转化为身体上的感应，不仅达到了思想的飞翔，还使思想具有可触摸性。梁晓明的思辨在感性中游走的运思方式无疑会把我们的审美视线牵引到二十世纪左右象征主义的诗艺观去。爱尔兰诗人叶芝称写诗为"身体在思想"，所谓"身体在思想"，便是身体的所有部分都要调动起来，像脑一样去感觉生活。他并且接着说"诗叫我们触、尝，并且视、听世界，它避免抽象的东西，避免一切仅仅属于头脑的思索，凡不是从整个希望、记忆和感觉的喷泉喷射出来的，都要避免"。对之，瓦雷里称为"抽象的肉感"，艾略特称为"思想的知觉化"，即将思想还原为知觉，"像你闻到玫瑰香味那样去感知思想"。这一切在梁晓明那里就转换为这样的诗句："诗歌沿着我两条眉毛向后脑发展 / 诗歌拥抱我每一根头发 / 在每一块头皮上它撒下谷种 / 诗歌在我的鼻孔里醒来 / 醒来就迅速张起篷帆 / 顺流而下"（《诗歌》）。梁晓明把诗思的震颤、回声延续到感觉（触觉、视觉、听觉、嗅觉等）的边界，反过来，这种感觉的敏锐是和思想的深刻和对事物的理解的深度分不开的。诗对思的形而上的哲理探寻又都是被富有启示性的、诗意盎然的话语缓缓泻出的。所以，对梁晓明来说，诗歌遂成为思想与诗歌语言、想象、感受性的统一物。　　Z

外国诗歌
FOREIGN POETRY

> 她们翅膀落下的星尘
> 已使我的双眼暗淡
> 我在绿色的黄昏歌唱
> 失去的女士们——实在很可爱，迷人。
>
> ——《一首关于失去的女士们的歌谣》

威廉·福克纳诗选

□远洋/译

牧神午后

我穿越吟唱的树林追随
她流云般的头发和脸庞
而撩人朝思暮想的柔膝
宛如睡溪深处粼粼水光
或似秋叶,缓缓凋谢
掠过寂静、爱已萎靡的空气。
她驻足:像悲伤的送葬者
摇下她飘拂的棕发
遮住脸,而不是眼睛——
热烈闪现的火花,倏忽间一瞥
或许。像棕色的野蜜蜂那样飞翔
甜蜜生出翅膀,辛辣而奢侈的
吻,落在我的四肢和脖颈上。
她旋转、飞舞,穿过手臂一样
举起并摇动的树林——为她点缀着
一闪而过的阴影,微风
歇息在她短小而被包裹着环抱的低胸。
此刻跟她手拉手我走啊走,
绿夜尽管,银色的西方
维京群星,苍白,一行行
像幽灵的手,而在她睡前
黄昏,将带她乘着静谧草地上
暗淡而幽深的溪流航行——
在星星之梦和幻想梦之梦里。

我有一个无以名之的希望
去某个遥远沉寂的正午子夜
那里在孤独的溪水潺潺流淌的地方
叹息落在月光漂白的沙地,
金发碧眼的手舞足蹈者四肢金黄的舞者旋转着飘
　　去过,
衰老而疲惫的月亮,
透过叹息的树林凝望,直到最后,
她们的头发洒满露珠的闪光。
她们悲哀而迟钝的四肢和眉毛
是乘着微风飘荡的花瓣
从树枝的手指间飘落;
接着,突然在这万籁之上,
一个声音扑通一声,像某座洪亮深沉的钟敲响
下降,她们舞蹈,赤裸而冷淡——
那是地球的巨大心脏
为春天涌泉为春天而迸裂,在世界变老之前。

中　国

尖沙粒,那些沙漠盲骑士横扫之地
昨天那里,昨日高高闪耀的快帆船在那里
游弋于你的金色往昔。什么样的命运在兆示什么
此刻风轻吹,惟恐惊醒你的
沉睡?在曾经辉煌崛起,曾经有光彩照人的玫瑰
和抛弃蓝天下并背对苍穹遍插鲜艳旗帜映衬蓝天

的地方,
如今变成空荡荡的岁月,无穷无尽
遍布幽灵。就这样:谁撒播
名声的种子,长成谷物让为死神而收割。

流浪者们,面向刀尖似的锋利的面孔
和漫无目的、踏着沉闷脚步的牛羊,
漂游在辉煌的国君们巡视过的每条街上
在你白色的消逝的城里,而岁月
在身后已闭锁如墙。仍然然而
透过一线遗存的天命,
我们凝视,你的星星曾经燃烧之处,惟恐如此,
我们失去信念心。他们不知道你没有,也不会
看见你魔法般的帝国,当汉朝手
对流沙帘幕杀起回马枪,
在吟唱的群星和耸起的金沙丘上。

萨福体

就这样:睡眠来了,不再来我的眼帘上。
也不再进我眼睛里,她有颤动的头发和冷淡
苍白的手,以及铁的嘴唇和乳房,
她这么盯着我看。

纵然睡眠不降临我身上,却从
丰满光洁的睡眠之眉上出现幻象,
雪白的阿佛洛狄特无限移动着
乘着在她自己的头发上。

鸽子用紫色鸟喙衔着她,
鸟喙笔直却无欲望,脖颈向后弯曲
朝着莱斯波博博斯岛,而爱情飞逝
在她身后哭泣。

她不回头看,不回头看那里
阿波罗身旁九位戴王冠的缪斯
像九根科林斯圆柱一样站立
歌唱在晴朗的夜里。

她看不见同性恋女子们,透过
琉鲁特琴弦嘴对嘴亲吻,陶醉于歌声
也看不见海洋女神雪白的双足
闪闪发亮,而且没穿凉鞋。

在她啜泣和不孕妇女唱哀歌
之前,在翅翼的雷鸣轰响之前,
忘川女人们被遗弃的幽灵,恸哭着
使黎明变得艰难。

五十年后

她的家空荡荡,她的心已苍老,
充满欺骗的阴影和回声
无人救她,因为她还试图
用麻木的畸形手指编织吹弹即破的网,却无法抓
   住。
据说,一旦所有男人的手臂向她伸出,
像白鸟一样盘旋寻求她的爱抚:
她本可以有顶王冠,束缚住每绺头发的王冠系在
   每绺头发上,
还有她甜蜜的怀抱双臂,是女巫的金子。

镜子知晓她的洁白,因为在那儿
她从给她站着时戴上柔发、借给她温情的
别的梦的梦中醒来,她在梦中,从另一些她站着
   时
戴上柔发、借给她温情的梦中站起。
而以他被束缚的心和青春的眼,变态
而盲目,他觉得她的仪态飘香溢彩,
攫住他,身体和生命都在其圈套里。

一首关于失去的女士们的歌谣

但是哪里有昔日的雪
我在绿色的黄昏歌唱
愚蠢地
唱我一直爱着的女士们
——没关系!唉,真的,真的

放荡快活的小鬼情人们趿着银拖鞋
以灵活的脚在我的琉鲁特琴弦上跳舞
带着寄宿学校少女处女的肆意狂热
虽然不请自来的飞蛾
爱慕我的白后宫
用无声情歌呼唤她们
一种缥缈的诱惑

她们听见，哎哟
我的女人们
用小鬼似的吻掠过我的唇
一个个
溜走，她们燃烧的小脸蛋
像某座开花的梦花园里的风信子
朝着玫瑰丛中的爱之夜

我老了，而且孤独
她们翅膀落下的星尘
已使我的双眼暗淡
我在绿色的黄昏歌唱
失去的女士们——实在很可爱，迷人。

水泽女神之歌

来吧，你们悲伤的，留下
与我们在这儿幽会，在结合的睡眠里，
静谧的正午停留在我们头上方，
颤动的涟漪覆盖我们，
我们的怀抱温柔，就像是溪流亦如是。
来吧，跟我们一起做昏昏欲睡的梦
心灰意冷的人啊，如果你们悲伤，
如果你们穿着懊悔的衣裳，
来吧，跟我们一起睡
在幽暗而深沉的起伏中；
躺卧在阳光伸展和颤动的地方，
在金色幻梦里伸出手指
拂过我们闪光的头发，
寻找着深奥的满足。

来吧，你们悲伤的，不再
醒时哭泣，来吧，把你自己
沉浸于我们之中，就像蜜蜂
投身于玫瑰那样，歌唱，他
已绽放。这里是我们的嘴唇绽放呈献
就像一朵花儿绽露它的黄金；
我们的嘴唇温柔，宛如
高墙围起的花园里生长的玫瑰，
一座花园如一只茶杯一样，
溢满阳光。

来吧，你们悲伤的，睡
在我们的怀里，下面
吹拂的风在林间耳语，
而树枝对微风耳语
在寂静的舞蹈中，
在舞者们悲伤的奢侈里；
当潘神叹息，他的烟斗呼呼吹，
而苍天在上，大地在下
仍然战栗，留心听他的语调，
叹息也仿佛让雨点
细微而沁凉地穿过森林间隙
在落叶的池塘上做梦。

来吧，你们悲伤的，留下
与我们在结合的睡眠里幽会，
我们的眼睛柔和如暮光中的溪流，
傍晚，我们的乳房温柔如丝绸的梦洁白而温柔
如丝绸的梦且黄昏时发白；我们的乳房这是眠
　床
在它上面我们抚慰所有疼痛的头，
把每个人都捆绑在芳香的树上，
直到让他在健忘中滑翔，
而夜，叹息着，低语着
在划过天空播种的星星旁。
来吧，你们悲伤的，并留下
在无边无际的梦和睡眠里。

木偶们
——给保尔·魏尔伦

怯懦而爱吹牛的丑角斯卡拉慕师
把一个人的影子投掷给柔和的夜晚
并亲吻天空

波哥纳的医生
戴骷髅帽穿和服
用苍白而贪婪的一只眼找寻把笨蛋找寻

而他的女儿半裸着
从窄窄的床上颤抖着滑行
去会她等待在月光下的情人

她的情人来自西班牙大陆

其激情已不堪压力用一种曲调令她兴奋
月亮啊月亮不留遗恨不以遗恨照人

月光曲
——仿保尔·魏尔伦

你的灵魂是一座美丽的花园，去
那儿迷人的化装舞会和贝加马斯克
弹着琉鲁特琴，跳着舞，而且
悲伤，在伪装的白日梦里。

所有人都在忧郁地用小调唱着
征服爱情，生活惬意，
但看起来却又似乎怀疑喜庆的欢宴
当歌声融合月光之时。

在沉静的月光里，这样可爱的美
让鸟儿在窈窕的树林中做梦，
然而当喷泉做梦在雕像之间做梦时，纤细的
喷泉，在银色的狂喜中痴迷而轻轻啜泣。

街　道
——仿保尔·魏尔伦

跳吉格舞！

我爱她可爱的眼睛
比星空更美
闪亮着恶意的敏锐

跳吉格舞！

她曾有那些优雅的姿态
令可怜的心溢满泪水
啊，她的姿态何等令人陶醉

跳吉格舞！

但这份安慰是我的呀
去吻她嘴唇却发现如今对于她
如今对于她我的心又聋又哑

跳吉格舞！

她的脸将永远
在我心灵的无限
她把硬币折断给了我一半

跳吉格舞！

白　杨

为何你在那儿颤抖
在白色河流与大路之间，
你不冷，
有阳光梦想着你；
可你举起柔韧的哀求的手臂
仿佛要从天空扯下云来遮掩你纤细的身段。

你是一个少女
在痴迷羞怯的苦苦挣扎中战栗，
一位洁白朴实的姑娘
你的衣裳已被强行剥夺。

致克吕墨涅
——仿保尔·魏尔伦

神秘的和弦
无词的歌
最亲爱的，因为你的眼睛
是天空的颜色。

因为你的声音使我的梦幻
远离，侵扰
并弄乱我理性的
地平线。

因为你隐藏的纤细
像一只天鹅优雅的洁白
你的芳香已经溢满
我灵魂的空间。

因为我全部的存在
在我的呼吸和视线里

是一种留恋徘徊，宛若
你的时光的花朵。

一个在我心里和门前
舞蹈的光环，
它也将永远
穿越无限。

研究学习

某处一缕纤细无声的微风将去
分开颤抖的白杨手臂，而后停驻而且随着
双袖合十，在水流之处仅仅掠过水流的衣袖减
　　速；
一条阳光照不到的小溪清静幽深，滋润
黎明时分在那儿驻足于黎明的焦渴的赤杨林。
（肃静，现在，肃静。我在哪儿？琼森）

某处一支蜡烛忽明忽暗的金色
编织一面村舍墙壁上的帷幕
和她的金发，只是层层叠叠，
虽然我根本不能想到别的什么
除了她眼睛的两潭静水中的日落。
（你这傻瓜，劳作，劳作！——）

一只林间迷失的燕八哥
用它金贵而焦躁的歌喉吹口哨；
路径泛白，有伴随戴银头巾的桦树
颤抖于他柔和的曲调，
喘气地战栗仿佛恐惧；
在羞怯的紫罗兰初次展露处。

（对于它们是沉默的梦境属于它们，对于我属于
　　我
则是痛苦的科学。考试临近
而我的思绪信马
由缰，我听不见
告诫我必须学习的声音，
因为纵然当我死去一千年后，一切
都不会改变。我但愿我是一座半身像
只有头部完整。）

母　校

我们所有的眼睛和心敬仰您，
因为在这儿我们所有无声的梦结网于
你的墙壁之间，因精神给予
尊严而平静——人生在你的
大门里启程。透过它看得见
山巅上闪耀的太阳
成功，无限吸引我们无限
向上，直到让生命与使命合一。

这是开始，并非结束。
向前，带着不可磨灭的记忆
凭借她源源不断的恩惠，稳稳登上
心中的王位；去亲吻
——抬起，她在深情拥抱中抱住，并被她抱住抬
　　起——
她告别时，她和蔼安详、梦幻般的脸庞。

给一位女同学

黎明不比你打扮得更美
你在女人们中间，优雅地戴着王冠，
圣贤们也不知道有比你更美的一张脸
一张脸　赛过你的，你闪亮而甜蜜芳香的秀发镶
　　着金边。

比起你，维纳斯似乎不再美若天仙；
你眼里朦胧的隐藏的寂静，
而喉咙，是依然回答的音乐之桥，
纤细的桥，所有的梦还在那儿盘旋。

对海伦的美貌我变得无动于衷，
他们的碧亚翠丝比阿特丽斯我也觉得不美；
他们的泰伊思似乎没那么可爱，与往昔不同，
虽然有人曾拿雅典来交换她的一吻。
因为在时光飞毯的那端，模糊、美丽而遥远，
你的脸如一颗孤寂的星依旧在召唤。

在老密西西比大学男女同校

欧内斯特对欧内斯婷说——
你是我的小女王——啊,
你是全世界
惟一的姑娘
你使我的心跳有意义——啊;
因为你离去的
日日夜夜,
你美丽的脸充满我脑海——啊,
一个最爱我的你
如同我爱你一样,
让我们去格雷纳格林——啊。

夜 曲

高隆比娜倚靠在细蜡烛火焰上方:
高隆比娜抛掷一朵玫瑰。
她把一只被砍掉的手抛掷在皮埃罗的脚上。

背后,一面点缀着星星的陡峭的墙,
下面,一片雪的微光。
皮埃罗旋转、转圈,皮埃罗是飞逝;
他旋转让他的手,旋转像鸟在月亮之上。

皮埃罗旋转、转圈……
他的眼睛充斥着充满多面的许多世界的方方面面
银色、蓝色和绿色,
而他会藏起他的头,然而锐利的蓝色黑暗
从他的脸上切断他的双臂。

听!一支小提琴
冻结成一把刀,薄如纸,亮闪闪
刺透他的大脑,刺入他的心脏,
他被黑暗中音乐的弦轴吐出戳穿。

一溜溜动作迅疾地飘过月亮;
高隆比娜抛掷一朵纸玫瑰——
皮埃罗掠过,像一只白蛾子在深蓝色上。

黑色的是细蜡烛,尖利的是星光里他们的说话
声,
天空,结冰的无根之花憔悴地发光生长。
它们冻僵了,明亮而荒凉。

临终的角斗士

亲爱的,怎样的悲伤,由风和雨唤醒?
人生不过是没有明天的四月
在雪与雪季之间。关于他破碎的头颅
冬天重又唤醒怎样的悲伤?

人生短暂,也不苟延残喘。苍天!
四月如何记得你,卡亚,你年轻的苍白!
牧羊少年,你有新的光辉
以使他中魔,一个众多笨蛋中的笨蛋。

这是青春,这世界的一颗星和一座山:
罗马不过是回声,不为我们所困扰,不朽的人;
火炬低熄,空中号角在大门
把他的血鸣响成火焰,让它迸溅。

亲爱的,怎样的悲伤?青铜时代的青铜
和生命,不过是凯撒的一个手势,
死神这情人奄奄一息,独自,让她满意,
奄奄一息,他或将她的堡垒攻克。

亲爱的,更短暂,比所有痛苦都短暂,
四月和青春,是花环、草叶和飞燕。
亲爱的,怎样的悲伤,一片休耕的田野?
亲爱的,怎样的悲伤,因为雨后的久旱?

肖 像

在我们之间举起你的手,朝着你的脸,
拉下你眼睛上不透明的帷幔。
让我们在这里漫步,轻柔地与影子重合,
谈及一些小心的琐事谈谈担心的轻浮。

让我们轻松随意地说说;今晚的电影,
重复一次被打断的交谈,逐字逐句;
谈及朋友们,以及幸福。黑暗急匆匆,
而我俩再次听见听过的一首歌曲

唱着血到血，在我们手掌之间。
来吧，抬起你的眼睛，你小小的一片唇
现在那么轻，你朦胧白脸上如此轻微易变的移动物；
超然地谈到人生，青春的深奥的青春

还有也是单纯。年轻、纯洁而陌生
你在我身边走着，沿这条影影绰绰的街，
你的小乳房温柔地安放，贴着我手心，
你的笑声却打乱我们脚步的节拍。

你那么年轻。你真诚地相信
这个世界，这条黑暗的街，这道影影绰绰的墙
因是昏暗的，有着你热情确信的美而昏暗
不能褪色，也不会冷却，更不会完全消亡。

那么，举起你的手，朝着你罕为人见的脸，
并拉下你眼睛上不透明的帷幔；

深奥地谈论人生，简单的真理，
而你的嗓音清晰，带着直率的惊讶。

农牧神

当拖延的三月，农牧神踏着脚铃，
碰得藏身的树叶瑟瑟作响：期盼
五月的树妖徒劳追赶，哑默无言
仍未孕育于两翼潮湿的春；

在绿色困境里，在模糊的树叶内
他气喘吁吁，困惑的心苦恼而迷惘：
去穿越风的音乐走廊，
超过残月，成为五月之手的形状，悲伤；

抑或，长出树叶，茂密而热情，持续
品尝他苦涩的拇指，直到五月再次
将赤裸留下，由于野葡萄藤滑落，煽动
去剥光她胸脯上奏乐的树叶
而从一只未曾沾唇、未曾梦见、未曾猜想的杯
啜饮晒得芳香的葡萄酒，为朱庇特的喜悦。

新诗经典
CLASSIC NEW POETRY

CHEN HUI
陈辉

〔1920—1945〕

  原名吴盛辉,湖南常德人。1920年生于商人家庭。1934年考入湖南省立三中。1937年5月加入中国共产党。抗日战争爆发后,奔赴延安,入延安"抗大"学习。1938年到华北联合大学学习,毕业后到晋察冀边区通讯社当记者。1940年调平西涞涿县,先后任县青救会宣传委员、县武工队政委、区委书记等职。1945年遭叛徒告密,壮烈牺牲,年仅25岁。

  1958年作家出版社出版了陈辉诗集《十月的歌》,田间在诗集《引言》中写道:"陈辉是十月革命的孩子","他的手上,拿的是枪、手榴弹和诗歌。他年轻的一生,完全投入了战斗,为人民、为祖国、为世界,写下了一首崇高的赞美词。"

陈辉诗选

守住我的战斗岗位

月光下,
我紧握着枪,
守住我的
战斗岗位。

(看,
月光下的
田野,
山峦,
听,
嘶叫的延水。)

月夜,
太美丽了哟!
(倚在墙角)
我,
想起了家,
想起了
故乡的月光,
月光下的城墙。

也许母亲,
(独个儿)
坐在门旁,
在叹息。

……一群乳燕,
南方,
北方,
飞到哪里去了呢?

拭干吧,
母亲,
泪是无用的……

月光下,
烈焰在我心里
　　　　燃烧,
延水,
像一条闪光的带子,
在远方
　　吼叫。
我握着枪,
守着我的
战斗的岗位。

过东庄

回来了哟,
东庄!
回来了哟,
我的第二个
年轻的故乡!

还记得吧:

我，
一个孩子，
随着七月的风暴，
来到祖国的南方。
我啊，
曾在你的身边，
眺望着北方的山岗，
曾在你的身边，
倾听着胭脂河的歌唱。

该斑驳了吧，
那矗立在阳光下的泥墙，
那曾经写过我的
仇恨的言语，
曾经贴过我的
浅酱色诗句的
古老的泥墙！

该更苍老了吧；
你挑着菜担，
背着锄头的老乡，
曾经用灼热的手，
抚摸过我患病的头；
你曾和我在月光下
谈起自由而胜利的红色的露西亚的禾场，
你倚在门前的老乡啊！

你，
还记得我吧，
春天的傍晚，
在溪畔洗过我的衣裳的
年轻的姑娘；
你应当记得，
我这个南方人，
曾经告诉过你，
在南方，
年轻的姑娘，
把敌人的头，
抛入了扬子江，
在一个没有星星的晚上。

回来了哟，
东庄！
回来了哟，

故乡！
今天，我像一个流浪人，
（挑着自己的歌
踩过北方的沙砾）
不敢留心看你：
那被敌人烧毁的茅屋，
那被敌人踏过的黄土，
我怕这颗愤怒的心，
跳出我的胸膛！

我沉思着，
这年头的苦难；
沉思着，
总有那么一天，
把中国的灾难走完……

风啊，
在窗上叫响。

黄昏，
又张开了
黑色的胸膛。

为祖国而歌

我，
埋怨
我不是一个琴师。
祖国呵，
因为
我是属于你的，
一个大手大脚的
劳动人民的儿子。

我深深地
深深地
爱你！

我呵，
却不能，
像高唱马赛曲的歌手一样，
在火热的阳光下，
在那巴黎公社战斗的街垒旁，

拨动六弦琴丝，
让它吐出
震动世界的，
人类的第一首
最美的歌曲，
作为我
对你的祝词。

我也不会
骑在牛背上，
弄着短笛。
也不会呵，
在八月的禾场上，
把竹箫举起，
轻轻地
轻轻地吹；
让箫声
飘过泥墙，
落在河边的柳荫里。

然而，
当我抬起头来，
瞧见了你，
我的祖国的
那高蓝的天空，
那辽阔的原野，
那天边的白云
　　悠悠地飘过，
或是
那红色的小花，
笑眯眯的
从石缝里站起。
我的心啊，
多么兴奋，
有如我的家乡，
那苗族的女郎，
在明朗的八月之夜，
疯狂地跳在一个节拍上，
你搂着我的腰，
我吻着你的嘴
而且唱：——月儿呀，
亮光光……

我们的祖国呵，

我是属于你的，
一个紫黑色的
年轻的战士。

当我背起我的
那枝陈旧的"老毛瑟"，
从平原走过，
望见了
敌人的黑色的炮楼，
和那炮楼上
飘扬的血腥的红膏药旗，
我的血呵，
它激荡，
有如关外
那积雪深深的草原里，
大风暴似的，
急驰而来的，
祖国的健儿们的铁骑……

祖国呵，
你以爱情的乳浆，
养育了我；
而我，
也将以我的血肉，
守卫你啊！

也许明天，
我会倒下；
也许
在砍杀之际，
敌人的枪尖，
戳穿了我的肚皮；
也许吧，
我将无言地死在绞架上，
或者被敌人
投进狗场。
看啊，
　那凶恶的狼狗，
　磨着牙尖，
　眼里吐出
　绿色莹莹的光……
祖国呵，
在敌人的屠刀下，
我不会滴一滴眼泪，

我高笑,
因为呵,
我——
你的大手大脚的儿子,
你的守卫者,
他的生命,
给你留下了一首
崇高的"赞美词"。
我高歌,
祖国呵,
在埋着我的骨骼的黄土堆上,
也将有爱情的花儿生长。

一个日本兵

一个日本兵,
死在晋察冀的土地上。

他的眼角,
凝结着紫色的血液,
凝结着泪水,
凝结着悲伤。

他的手,
无力地
按捺着,
被正义的枪弹,
射穿了的
年轻的胸膛。

两个农民,
背着锄头,
走过来,
把他埋在北中国的山岗上。
让异邦的黄土,
慰吻着他那农民的黄色的脸庞。
中国的雪啊,
飘落在他的墓上。

在这寂寞的夜晚,
在他那辽远的故乡,
有一个年老的妇人,
垂着稀疏的白发,

在怀念着她这个
远方战野上的儿郎……

姑 娘

三月的风
吹着杏花
杏花
一瓣瓣地
一瓣瓣地
在飘
在飘啊。

姑娘
坐在井边
转动了车轮
用眼睛
向哥哥说话……

——哥哥
哪儿去呀?
笑了一笑,
背着土枪
跑向响枪的地方去了。

杏花
飘在姑娘的脸上
姑娘
鼓着小嘴巴
在想
这一声
该是哥哥放的吧?

献诗——为伊甸园而歌

那是谁说
"北方是悲哀的"呢?

不!
我的晋察冀呵,
你的简陋的田园,
你的质朴的农村,

你的燃着战火的土地
它比
天上的伊甸园,
还要美丽!

呵,你——
我们的新的伊甸园呀,
我为你高亢地歌唱。

我的晋察冀呵,
你是
在战火里
新生的土地,
你是我们新的农村。
每一条山谷里,
都闪烁着
毛泽东的光辉。
低矮的茅屋,
就是我们的殿堂。
生活——革命,
人民——上帝!

人民就是上帝!
而我的歌呀,
它将是

伊甸园门前守卫者的枪支!

我的歌呀,
你呵,
要更顽强有力地唱起,
虽然
我的歌呵,
是粗糙的,
而且没有光辉……
我的晋察冀呀,
也许吧,
我的歌声明天不幸停止,
我的生命
被敌人撕碎,
然而
我的血肉呵,
它将
化作芬芳的花朵,
开在你的路上。
那花儿呀——
红的是忠贞,
黄的是纯洁,
白的是爱情,
绿的是幸福,
紫的是顽强。

烽烟中的烈火柔情
——陈辉新诗导读

□ 丁 萌

历史不会说谎,那场旷日持久的抗日战争,对中国人民的影响是永久无法磨灭的。保卫祖国,寸土不让,誓死必争。对待侵略,殊死奋战,舍生取义。文学创作者以历史见证者的姿态,书写了这场战争给人民与国家带来的创伤。提起战争诗歌,或许我们会想到叶挺的《囚歌》、艾青的《向太阳》、田间的《给战斗者》、袁水拍的《寄给顿河上的向日葵》、光未然的《黄河大合唱》、牛汉的《鄂尔多斯草原》、戴望舒的《我用残损的手掌》等,但论起陈辉,却少为人所知。他把自己的生命奉献给了革命与诗歌,"诗是我的生命,我的生命就是诗。"(《十月的歌》,250)①在某种意义上,他的诗歌并不逊于田间、牛汉等人。魏巍在1990年3月的《文艺报》上撰文《我怀念陈辉》说:"陈辉是一个英雄的诗人和诗人的英雄,是我们那个时代知识分子的典型。"

陈辉1937年加入中国共产党,后到晋察冀边区当通讯记者,面对日寇侵华,陈辉经过再三请战,毅然决然来到对敌斗争极其残酷的平西地区。1943年冬天,他冒着被县城伪军发现的危险,穿上日本鬼子的军装,大胆进城联系相关人员,巧妙地骗过城门口两排日伪军,并写下以"神八路"署名的《双塔诗》。1945年2月8日,陈辉在一次战斗中拉响手榴弹,与敌人同归于尽,光荣牺牲,年仅二十五岁。陈辉在不到十年的短暂岁月里,写了一万多行诗,曾在《晋察冀日报》、《群众文化》、《诗建设》等报刊上发表。1958年作家出版社出版了陈辉诗集《十月的歌》,田间在《引言》中写道:"陈辉是十月革命的孩子","他的手上,拿的是枪、手榴弹和诗歌。他年轻的一生,完全投入了战斗,为人民、为祖国、为世界,写下了一首崇高的赞美词。"

1

陈辉作为一位成长在烽烟战火中的诗人,对战争与革命的感受是直观、敏锐的,他的诗作虽然带有革命的热血与高亢,却并不仅限于革命战争题材。

---

① 陈辉诗作均见于其诗集《十月的歌》,下文引文只标明页码。

其一，爱国之深。对待革命事业，勇往直前，舍生取义，这是他对革命的态度与决心。"我的晋察冀呵，/你的简陋的田园，/你的质朴的农村，/你的燃着战火的土地，/它比/天上的伊甸园，/还要美丽！"（75）晋察冀作为当时关键的革命根据地之一，条件恶劣，战况危急，时时都有流血与牺牲，诗人不以此为苦，并骄傲与天上的"伊甸园"比肩，得出比伊甸园"还要美丽"的结论，这股对革命的热情与忠心，无疑是浴血前线的每一位战士的真实心声。生命对于每一个人都是宝贵的，但在战场上每一个人都面临着死亡的考验，面对流血牺牲，战士们从不畏惧。"我的晋察冀呀，/也许吧，/我的歌声明天不幸停止，/我的生命/被敌人撕碎，/然而/我的血肉呵，/它将/化作芬芳的花朵，/开在你的路上。"（77）或许我们将没有机会再放声歌唱，或许我们将为此献出宝贵的生命，但纵使生命陨落，我们也依旧会化作这片大地上的花朵绽放在革命军行进的路上，这与"零落成泥碾作尘，只有香如故"有异曲同工之妙，肉体消陨，但精神永存。爱国主义，激发了每一位中华儿女的归属与认同心理，对陈辉更是如此。"我是属于你的，/一个大手大脚的/劳动人民的儿子。/我深深地／深深地／爱你！"（77）陈辉成长于农民家庭，背朝黄土地，拾起枪杆闹革命，他深知劳动人民的不易，也深爱着劳动人民与这片土地，他把祖国比作伟大的农民，而"我"就是这劳动人民的"儿子"，这股血缘之情正如作者反复强调的一样，深深植根于心中。祖国不仅是伟大的农民，也是伟大的母亲，"祖国呵，/你以爱情的乳浆，/养育了我，/而我，/也将以我的血肉，/守卫你啊！"（81）这种哺育之恩，让"我"懂得感恩，不惜用躯体去守卫母亲。如果为祖国献出了生命，诗人会怎样呢？"在敌人的屠刀下，/我不会滴一滴眼泪，/我高笑"（82）。视死如归，他用"笑"来表达对死亡的豁达。陈毅曾写下"断头今日意如何？创业艰难百战多。此去泉台招旧部，旌旗十万斩阎罗"（《中国历代诗词名句鉴赏大辞典》，67）首句并非在提问，而是表达视死如归的决心。生命对于陈辉和陈毅来说，是革命事业里的一颗闪闪红星。

其二，仇敌之痛。战争，给人民带来的是家破人亡的悲惨与苦痛。"敌人烧了一个村庄，在一个有月亮的晚上。一个草铺里，有七个病号，五个老百姓。一十二个中国人，烧得什么也没有了，只剩下一只眼睛。这只眼睛，很红，很亮，没有一滴泪水，仇恨地望着紫色的东方。"（64）诗人并没有以一种义愤填膺的姿态将内心的愤怒喷发出来，反而用一种冷静的语气，像在诉说、低语，这种冷叙述背后有着比悲愤抒情更浓烈的情感爆发力，像鲁迅先生肃杀冰冷的文字背后蕴藏着一团死火一样，"永不冰结，永得燃烧"（《鲁迅散文名篇》，14）。在这里诗人用具体数字的展示与对比直观地表达了敌人惨无人道的残忍行径，一个病号都不放过，烧得什么都没有了，只剩下一只眼睛，"一"的连用让人不寒而栗，是敌人杀戮百姓的鲜血染红了大地。在《红高粱》中，诗人把战斗场景进一步拉近，"雨点似的枪弹呵，大风暴似的枪弹呵，'嘶嘶'的从低空飞过来，从我头上擦过，从我腿上擦过，从我手边擦过"（238）。枪林弹雨似乎就在我们眼前，子弹在耳边飞过，头上、腿上、手边，通过这些细节化的触感描写，烘托出敌人攻势之猛烈，也从侧面反映出诗人在枪林弹雨中的巨大勇气。对侵略者，每一个中国人都憎恨无比，在诗人眼中是怎样的形象呢？"嘿，日本鬼子像一只狼，狼要吃老百姓的羊。""日本鬼子像一条狗，狗要啃中国人的肉。"（67）这两句分别位于诗篇前两段段首，形式上的反复使得思想感情步步推进。狼是凶残的，狼吃羊就如日本侵略者对中国人的烧杀抢掠，而狗这个意象更不寻常，当时日本人为了屠戮中国人，在狗场饲养了一批洋狗，野性十足，凶残暴戾，专门撕食被俘的英勇烈士。不惧危险，勇往直前，是诗人对待凶险的态度，也凸显了作者对侵略者的无比仇恨。

其三，人性之光。我们可以从亲情、友情、爱情三个层面来看：（一）血浓于水的亲情。开篇"母亲，在这黑夜里……我亲切地呼唤着你的名字。"（119）直抒胸臆，在一个黑夜里突然忆起母亲来，然后陷入了回忆。"在我的面前出现了一只摇着尾巴，眼睛吐着绿光的狼或者狐狸，我恐怖地叫了起来，灯，叮当地从我手里滚了下去。这时候，你从房里出来了，匆忙地把我抱回家去，紧紧地吻着我的脸子。"（120）在所有危险面前，母亲都会无所畏惧，因为儿子的安全才是最重要的。接着，诗人又把过去的记忆拉近，开始凭借这二十多年与母亲的点点滴滴，诉说起母亲的不幸遭遇来。在旧社会母亲就是个"受伤的女人"，辗转被卖了几次，"从这里扔到那里，从那里扔到这里"（122）。那是诗人十五岁的时候，"你从乡下到城里来找我"（123），然后"就在那一天夜里，你的十五岁的儿子为你整整地哭了一晚"（123），跋山涉水，母亲递给我钱的时候吐出了带血丝的痰，"我"再也忍不住，潸然泪下。在母亲流的血与泪里，诗人长大了，遭遇了成年世界的心酸与哭泪，"那一个人间最黑暗的晚上，你流着泪，用衰老的手指颤颤地抚摸着儿子年轻的脸"（128），无论遭遇了多大的不幸，母亲都会义无反顾地爱着自己的儿子。在诗篇最后，诗人向母亲汇报两个姐姐与自己的现状，希望母亲放心，希望母亲要笑得很香很甜。母爱是世界上最伟大的感情之一，联想到高尔基的《母亲》，当她目睹儿子被捕入狱，冒着生命危险去散发传单，即使被捕也毫不畏惧。人世间母爱的表达形式虽然有很多种，但有一点是永恒的，就是对儿女最无私、无畏的爱。（二）超越国界的友情。诗人以一种悲悯宽博的情怀建立起了一种超越国界的伟大友谊，他歌颂莫斯科的友人、捷克的兄弟士兵以及日本战死他乡的士兵，尤其是对日本士兵超越常人的怜悯之情，在那个对日本士兵极度憎恨的年代，是非常难能可贵的。"一个日本兵，死在晋察冀的土地上。他的眼角，凝结着紫色的血液，凝结着泪水，凝结着悲伤"，"两个农民，背着锄头，走过来，把他埋在北中国的山岗上"，"在这寂寞的夜晚，在他那辽远的故乡，有一个年老的妇人，垂着稀疏的白发，在怀念着她这个远方战野上的儿郎"（26）。死亡对每一个人是平等的，亲情也是如此，这位士兵的死亡，会不会让远在异乡的母亲难以接受？放下战争中对日本人的仇恨，给予他作为儿子和士兵应有的尊重，这宽博的胸襟难能可贵。（三）单纯青涩的爱情。"三月的风／吹着杏花／杏花／一瓣瓣地／一瓣瓣地／在飘／在飘呀。"（47）干净唯美，杏花飘摇，落在姑娘身上，"哥哥／哪儿去呀？／笑了一笑，／背着土枪，／跑向响炮的地方去了。"匆匆一面，多不舍得心上人就此离去，可是知道打仗刻不容缓，"姑娘／鼓着小嘴巴／在想／这一声／该是哥哥放的吧？"哥哥走后姑娘心有余念，听到枪声，既担忧又欣喜，担忧哥哥的安全，同时又欣喜地猜测是不是哥哥放的枪，尤其是最后鼓嘴巴这一具象动作，

把青年男女之间那种羞涩清纯的爱情简单又大方地呈现了出来。除了描写青年男女之间青涩爱情外，诗人还写到了一种特殊的"革命爱情"。在《夏娃和亚当》中，区长被包围，无处可逃，无奈落脚于邻家院内，"不要说谎，如果是你的丈夫，呵，你吻一吻他的脸庞！"（98）这一问真的让姑娘不知所措，如诗中所写的一样，在她面前树立起了一堵封建的旧礼教的高墙，但她"把那火热热的红润的嘴唇，贴在区长的嘴上"（98），她还是选择吻了区长，"我可以断定，我看见了，那是最美丽的最崇高的 红色的爱情的炽热的火光……"（99）我们都可以断定，爱情之花悄然开放，这种爱情虽没有普通恋人的相知相识，却有火一般的生命力，因为那是革命之火，超越生死的爱情之火。

其四，典型之美。《十月的歌》中的人物大多数都以革命者的典型形象出现，除了革命者典型，诗人还塑造了许多平凡但又独特的人物形象。值得注意的是，诗人笔下的典型形象并不是我们所说的"扁平人物"（《艺术美学辞典》，253），不是脸谱式的单一性格塑造，而是立体化、多面化的，除了一腔革命热血的高昂，还有作为人本身所具有的温暖与情义。作者都塑造了怎样的革命形象呢？在《守住我的战斗岗位》中，一位月光下的小战士，在月夜下对着月色无限遐想，但心中牢记要好好守护自己的岗位，尽职尽责。《两兄弟》这首诗稍显悲壮，兄弟俩多年未见，弟弟回村哥哥欣喜无比，却意外得知弟弟在外做了汉奸，哥哥内心复杂无比，"张顺死了，寂寞地躺在白杨林边"（33），弟弟终归还是被哥哥打死了，"张义，他很平静"（33）。哥哥内心怎么能平静得下来，既舍不得兄弟，但又不能背叛革命，张义这个哥哥的形象塑造得很立体、真实，一番挣扎的过程才让亲情与革命的真实性表现出来。《红高粱》中的史文东是全诗集中让人印象最深刻的人物之一，"史文东，他的眼睛闪着灰蓝色的活泼莹莹的光"（134），"史文东呀，他不像一个工作人员，也不像站在群众面前，给人说话，他像一个小孩子，在天真地笑呀"（148）。诗人笔下的史文东是位年轻帅气的小伙子，那双灰蓝色的眼睛着实吸引人，他年轻但经验丰富，无论是做群众思想工作还是冲锋杀敌。诗人经常在诗中突出史文东的领导与激励作用，"史文东的声音，像飞驰在夜空的枪子，（红色的照明灯似的呵）在夜里，闪闪地发亮"（189），"这时候，他像一个勇士。他的话，像一匹桃花马，勇敢而急驰的桃花马呵！"（190）"史文东，他又笑了，在这个受难的时候，他那浅蓝的眼珠，永远，永远闪着快乐的光辉；那光辉，照在人身上，就是勇气"（208）。烽烟战火里，史文东与战士们进进出出，他的勇敢、谋略给诗人留下了深刻印象，所以诗人在得知史文东牺牲的消息后，"真的吗？像冬天，落进冰里一样，我打了一个冷颤，咬着颤颤的嘴唇皮，匆忙地跑进了人堆，我的眼里，不自主地滴落着一颗颗的痛苦的泪"（241）。这一刻诗人把叙述节奏放慢，把冰冷的心情通过动作细腻地抛了出来，"冷"就是作者身体和心理最真挚的感受。除了对革命者典型形象的塑造外，诗人还为我们刻画了日常生活中的人物形象：纯洁含羞的姑娘、平易近人的将军、为革命大胆献吻的姑娘、伟大又平凡的母亲。在《十月的歌》中，用数据统计，共出现了大大小小五十多个人物形象，在丰富的人物长廊中，我们能感受到每一个人物身上所透露出的人间真情，革命情谊也好，爱情友情也好，陈辉不是为了写诗而写诗，也不是仅仅为了革命在写诗，而是用自己的经历、拿自己的亲身感受去谱写最真实的诗歌，去抒发最真挚的感情。

其五，自然之爱。《过东庄》是诗人回到东庄所写，写景抒情融为一体，"该斑驳了吧，/那矗立在阳光下的泥墙，/那曾经写过我的 /仇恨的言语，/曾经贴过我的 /浅酱色诗句的 /古老的泥墙！"（10）诗人称东庄为第二个故乡，再次回到熟悉的地方，看那斑驳的城墙上曾经写下的宣传诗句，一切都是这么熟悉，仿佛夕阳都溢满了香味。诗末诗人创造了一个神奇的比喻，"黄昏，/又张开了 /黑色的胸膛"，为什么美好的回忆是黑色的呢？向上文追溯，"总有那么一天，/把中国的灾难走完……"（12）是这份悲悯的情怀让诗人心情突然变得沉重起来。《六月谣》是一组组诗，表达了对庄稼丰收的喜悦，"黄黄的天，黄黄的土地，黄黄的大麦粒，在笑，在笑哩！"（43）到了一年的丰收之际，一片片金黄的麦子铺在大地上，庄稼人辛苦耕作半载，终于有了收获，内心的喜悦跃然纸上。《拒马河之歌》是由五首民谣组成的，每一首都用轻巧明亮的句子，表达诗人对拒马河的眷恋与喜爱，"拒马河边的高粱肥，拒马河上的麦苗长"（65），"拒马河上的月儿一弯弯"（66），"拒马河上的月儿水汪汪"（66），"拒马河上的月儿亮晶晶"（67），农民对朴实的大地有着深厚的感情，连用的排比为我们层层渲染拒马河的美与民风的朴实。《夜，我们躺在大山岭上》是一首很唯美的抒情诗，诗人躺在大山岭上，对着一望无际的夜空开始遐想，"没有星星，没有月光，没有被单，没有草房，夜，我们休歇在大山岭上"（116）。条件虽然艰苦，但诗人和战士们一起以地为床，以天为被，夜里就这样安静地躺在大山岭上，对着夜空放声歌唱。"夜，同志们，鼾声呼呼的，躺在大山岭上。我们的鼾声，很香甜，很香……"（118）夜空下战士们互相依偎，睡得正浓，画面感极强，在那个战火纷飞的时代，求一方宁静，如此难得。

2

在烽烟战火中成长，陈辉的笔是愤怒的，但这种愤怒并没有让诗歌的艺术形式僵化，并没有让他局限于一成不变地去呐喊、去狂吼、去呵斥。其诗形成了独特的艺术风格。

其一，张弛有度。《礼记·杂记》言："张而不弛，文武弗能也；弛而不张，文武弗为也。一张一弛，文武之道也。"（《先秦两汉文论全编》，355）他的诗不以一种笔调贯穿全诗，同时诗意盎然，即使是描写战争，也能在烽烟战火中辅以诗意，给人以温柔的力量美。我们举以下三个细节：（一）"太阳像一个红盘子，从黄色的地平线上升起来，把土地，把村子，把早晨的露珠，照得鲜红、透亮。"（155）从字面看，我们眼前是八月的早晨，清爽安逸，但却在美梦中孕育着牺牲的鲜血，这里的"鲜红、透亮"不仅仅指示太阳，更指村民无辜牺牲的鲜血，因为紧跟这句就是"枪声响得更紧了"，在一阵阵枪声中描绘出的晨阳，并不仅仅赞美清晨的美景，还有革命的血液在大地上流淌，大地愈发显得透亮、通红。（二）夜里战士们做好伏击准备，一起在雨夜里潜行，上文的气氛还是紧张凶险的战斗场面，到了夜里前进之时，节奏突然慢了起来，"二十个孩子，二十颗年青的心，走进了微雨的八月的夜里"（175），"八月的夜空，很高很蓝。谷地里，秋虫唧唧唧地叫唤"（175）。空气中仿佛能听见滴答的雨声，谷地里的虫鸣声在作响，一片静谧之景，让画面带出了战斗，但紧接着"一百个声音，一千个声音，一万个声音，无数的声音；老头子的声音，小姑娘的声音，年轻人的声音；尖锐的，高亢的，锈铁似的，愤怒的声音呵，仇恨的声音呵，都喊起来了！"（176）画面从田间、谷地一下子又回到了战场，各种不同的声音如排山倒海一起而来，一片火海，混乱不堪，像歌曲中的音阶越来越高，把心中的悲愤一点点爆发出来，直至灭亡。（三）在战争的激烈场面中，诗人也不忘诗意的表达，"一颗颗手榴弹，从他的手里，抛出去了，一朵青烟，像一朵淡蓝色的火花"（205）。硝烟滚滚，战士勇敢地掷出了手榴弹，青烟与淡蓝色的火花，是诗人眼中战士昂首的姿态，抛手榴弹的动作被描绘得如此有诗意的美感，尤其是淡蓝色的火花，火花本为火红，却用蓝一反常态，给人以独特的韵味感。"雨，黑色的雨点，粗暴的雨点，开始降落了，敲打着受难的平原。"（233）伴随着激烈的战斗场面，雨又下了起来，开始敲打受难的平原，"受难"两字有一种宽慰的力量感，似一位母亲，对着自己受难的儿子百般心疼。除了《红高粱》，在其他诗作中陈辉亦是如此，他从不用一种笔调勾勒全篇。在《夏娃和亚当》中面对敌人刁难区长的危险现状，姑娘终于在百般挣扎后选择吻了区长，"你，像突然掉进了灰色的海洋，你惶惑地低下黑色的头发"（98）。面临着即将死亡的窒息时刻，一切都静止在姑娘这个温柔的动作中，短短几句背后蕴含着姑娘百般挣扎的心理活动，还有誓死保卫区长、勇敢冲破封建牢笼的坚定决心。陈辉这种一张一弛的笔法是很独特的，其中蕴含的浓浓诗意也是意味深长的，烈与柔互相缠绕，力量与美融为一体。

  其二，意象独特。"艺术思维的过程，离不开形象；对生活的感受，也需外化为具体的形象才能完成自我建构，为欣赏者所感知。"（《艺术美学辞典》，224）简言之，即把抽象的感情通过具体的意象来表达出来，这与中国古代文论对意象的解释颇有相似之处，"气之动物，物之感人，故摇荡性情，形诸舞咏"（《中国古训辞典》，436），"神用象通，情变所孕"（《言者我也——〈文心雕龙〉批评话语分析》，474），都强调内心的情感需要通过具体的意象来表达出来。在陈辉的诗作中，他总是善于把内心的情感去投注于相适应的意象上，且意象不凡，被赋予了人的神态。"八月的月光，温暖地照在我的头上；八月的天，蓝得像发亮的海洋。"（187）此时诗人正在与金大眼商量敌情，看到这个年轻的小伙子如此专注，不由心情飘荡起来，把二人头顶的月夜比作蓝色的海洋，但黑夜里怎会有蓝色的海洋？"他的话，像一匹桃花马，勇敢而急驰的桃花马呵"（190）。史文东总是在众人面前表现得非常勇敢，在遭遇不利的情况下总能身先士卒，以自己的言语和行动来激励战士，因而诗人把他的一席话比作"桃花马"。桃花马为古代名马，是指毛色白中有红点的马，杜审言在《戏赠赵使君美人》中写："红粉青娥映楚云，桃花马上石榴裙。"可见桃花马为非常美丽的骏马，用此意象来代指史文东的话，真是独出心裁。"咯，咯，咯，敌人的机关枪，开始咳嗽了；机关枪的子弹，像红色的痰。"（193）枪声被比作咳嗽的声音，子弹射出去像红色的痰，把诗人内心的厌恶具象化为人的咳嗽与吐痰，文字所表达的张力被放大。"一颗颗手榴弹，从他的手里，抛出去了，一朵青烟，像一朵淡蓝色的火花，在闪耀里，淡淡的开啦。"（205）这段话美感十足，手榴弹落地被比作绽放在大地之上的蓝色火花，落地爆炸会尘土飞扬，这一过程如花朵开放，还是淡蓝色的火花，不得不让人佩服诗人敏锐的才思。

  其三，形式自由。"我的歌声是自由的，海燕般的在暴风雨里飞翔。任何形式都不能束缚它，也正如任何铁的闸门，关不住白天的来临一样。"这是诗人在志愿书中写到的，他的诗亦是如此。跟随内心的情感流动，以情感线索为抒情脉络，自由采用新形式新写法，呈现出节奏鲜明、自由灵动的特点，主要运用到以下三种手法：（一）排比与回环。在《献诗》的末尾，作者用五个排比式短句描写花朵的颜色，"红的是忠贞，黄的是纯洁，白的是爱情，绿的是幸福，紫的是顽强"（77）。这些五颜六色的花是什么呢？是战士们死后的灵魂绽放在行军路上的花朵，如此绚烂多姿的花色也是对战士们无畏牺牲精神的崇高赞扬。在《红高粱》中，一个长句中会出现不同长度的排比句，如"跳动的平原，恐怖的平原，惶乱的平原"（157），"从低空飞过来，从我头上擦过，从我腿上擦过，从我手边擦过"（238），均为三个排比规整的断句，而"吞掉平原，吞掉人民，吞掉土地，吞掉老娘们的破被，吞掉孩子的小手指，吞掉河边的红高粱"（158），"一百个声音，一千个声音，一万个声音，无数的声音，老头子的声音，小姑娘的声音，年轻人的声音"（176），则是在一个长句中加了两种排比，诗句的形式比较灵活。这些诗句都是描述战争中人民的处境与作者的切实感受，画面感得到了强化，融入了视觉与听觉，如声音的排比，排山倒海般汹涌而来，给人以感情力量上的震撼感。《月光曲》中上下节不断回环重复的马蹄声引起了读者别致的想象，"马蹄呵，踏碎了月光，马儿呵，饮着河水，战士呵，扛起钢枪"（91），与"马蹄呵，踏碎了月光，马儿呵，扬起了灰尘，枪儿呵，纵情地歌唱"（91），上下交相辉映，马蹄声清脆入耳，河水潺潺，战士放声歌唱。不仅有马蹄声，诗篇上下还以星星、月亮等意象来进行回环重复，像一首优美的钢琴曲，不同的篇章交织在一起，形成相互环绕的美感。在《铁匠和他的刀子》中，全诗上下间隔出现了五次"火花，在炉子里闪亮，火星，满屋子飞扬"（99），每一次出现都伴随着打铁的具体动作，这种回环使得诗篇读起来铿锵有力，荡气回肠。（二）自由的长短句。"1939年5月，陈辉在抗大学习结束后，被分配到华北敌后抗日根据地，担任新华通讯社记者。同时，他与田间、邵子南、魏巍等同志都是晋察冀诗会会员。"（《解放军烈士传第八集》，724）田间那种灵活多变的诗歌创作手法影响了他，他的诗在形式上，也较多地采用灵动不一的长短句，例如"月光下 /烈焰在我心里 /燃烧，/延水，/像一条闪光的带子，/在远方 /吼叫。/我握着枪 /守着我的 /战斗的岗位"（2-3），又如"夜，同志们，鼾声呼呼的，躺在大山岭上"（118）。这种长短句的表达方式有一种灵动感，形式上给人以视觉的冲击，让人感受到情感的间歇与缠绵，字里行间存在着一种温情的诗意。（三）节奏与律动感。"老婆子，/拉起风箱。/风，/呼呼地 /呼呼地 /灌进了炉膛。"（100）这是铁匠开始打铁前的准备工作，风开始呼呼地灌进炉膛。"铁锤儿叮当，铁锤打在铁砧上。"伴随着敲打铁砧的声音，铁匠开始打铁了。"一只手举起了红的烙铁，一只手舞动了铁锤，叮当，叮当，叮叮当……"，"水洒在磨石上，/磨石，/发出声音，/霍霍地霍霍地 /响！"敲打的声音节奏鲜明，叮当叮当、一锤一锤响彻房间，水洒在磨石上发出霍霍的声音，身体也不由自主地跟着摆动起来，这种字里行间的律动感给人以极大的视觉与听觉享受。在《红高粱》中，我们经常被诗人的叙述节奏所带走。"脚步更近了，高粱叶不安地窸窸窣窣地响。他们过来了。"（226）紧张的呼吸声与高粱叶窸窣的声音同步进行，让人分不清是哪一种声音。"在平原里，没有月亮，夜都是明亮的。红高粱，挺着胸膛，窸窸窣窣的笑声，和我们的轻轻的脚步，在一块，开始合唱。"（215）上节还在商议如何处理汉奸的事情，此时语调一转到了夜里的高粱地，让我们与月夜一起合唱，由此全诗的美感、节奏感交相辉映。

陈辉以自己的一生，在抗日战争的烽烟战火里勇往直前，把宝贵的生命献给了中国人民的解放事业。陈辉的一生虽然短促，却有万行诗句存世，且大部分诗作内容充实，形式多样，语言质朴，抒情灵动自由，意象丰满丰富，可谓是一笔柔情写人生，一生为国以终身。"烈火柔情"不仅可指其人生，更是对其诗歌特点的一种诠释。对于陈辉及其诗歌，我们不可以今天的标准加以判断，以为他是革命诗人，艺术成就一定不高；以为他人生短暂，文学作品就不丰富。在那样的战争年代，生活变动不居，随时都有可能死在前线，他如何可能对诗歌艺术精雕细刻，又如何可能在形式上有更多的讲究？有一些急就章是自然的，在艺术上不是那么丰富也是自然的。就其现有的作品而言，我认为其思想不可谓不丰富，其情感不可谓不深厚，其语言不可谓不独到，其形式不可谓不自由，并且从其形式的构成与节奏的讲究看，已经算是相当不错了。诗是多种多样的，每一个时代也有自己不同的诗歌标准。正是在此意义上，我们才要选取这样一位"革命烈士"的作品向读者进行介绍，希望今天的人们不至于忘记中国历史上还有这样的一位诗人，他为了革命工作的需要，没有想要成为诗人而成为了真正的诗人，他的人生本身就是诗意化的，本身就是一首了不起的亮丽诗篇。Z

诗评诗论
POETRY REVIEW POETICS

论百年中国新诗中的叶延滨

叶延滨的诗歌向现代主义的进化，主要还表现在深化、强化反思力度的方面，归入对既定事物观念进行反拨讽刺和幽默化、荒诞化的现代主义精神。

——沙克

论百年中国新诗中的叶延滨

□ 沙克

当我对百年中国新诗进行比较系统的一番思考时，按照自己所理解的诗歌观、价值观、写作观和方法论，把这一百年的诗歌历史分为五个阶段：泛自由主义的民国时期，1949年至1976年一元化的国家主义时期，1977年至1989年的多元化转型时期，1990年至1999年的消隐沉淀时期，2000年以来的网络波普时期。出道于民国时期的诗人几乎全都过世，民国诗歌的汉语革命和美学品质已然成为百年新诗的一种象征；国家主义时期的诗人存世者多已进入耄耋鲐背之年，几乎已不动诗笔。当下的中国诗坛，基本态势是由第三阶段的40后到70初的诗人作支撑，由第四第五阶段的75后到80后的诗人作推进，由第五阶段的90后到00后作跟进；就诗歌代际而非年龄辈分而言，当下诗坛呈现出的是五世同堂、千姿百态、共涌诗潮的热状。

1977年至1989年多元化转型时期涌现出来的新生诗人，主要有朦胧诗人、新现实主义诗人、现代主义诗人（包括第三代诗人），他们经过漫长的历史沿革和写作演进，理所当然地构成当下中国诗歌的事实性基础；他们具有从40后到70初的年龄梯阶，内含着诗歌艺术的主体结构。他们当中有40后诗人的北岛、叶延滨、叶文福、李发模、周涛等，50后诗人的杨炼、严力、梁小斌、欧阳江河、于坚等，60后诗人的吉狄马加、韩东、杨黎、邱华栋、默默等。三四十年过去了，他们依然在写作、在创造，持续地发表作品出版著作，适逢其时地做了百年中国新诗的主要冲刺者和完结者。上述的新现实主义诗人，也被称为"新来者"诗人，那是相对于1980年左右的"归来者"诗人艾青、绿原、陈敬容（民国时期成名）和公刘、流沙河、昌耀（1950年代成名）等等而言的，他们是当时的诗歌新生力量，其代表性人物有叶延滨、叶文福、李发模、桑恒昌、张新泉等一批诗人，他们被1980年左右的时代所造就，名震诗坛而进入文学史，而其中活在当下、写在当下、引领风头者当数叶延滨。时值中国新诗百年华诞，叶延滨以占其五分之二历程的人本和文本的造化积累，成为这个盛典现场的主角之一。

立于人本的先行者

现代主义艺术是结构性的，后现代主义艺术则反其道而行，对具体的文化事物包括历史事实一概进行解构，但却不能否定历史存在的结构性形成和不断的补充完善，解构主义本身也将被补充结构到文化史的坐标中。我在此引出本文论点，叶延滨是当代诗歌史中重要的代表性诗人，百年中国新诗史中的结构性诗人，正是要说明结构性诗人的价值性、历史性所在：优良的人本、文本与创造力的完好统一。

在当代中国诗坛，叶延滨仅仅以代表性诗人的身份立世已经足够，他40年的诗生活阅历包含了太多的人生性和价值性的内容。叶延滨为人师、为人友，堪称善，为写作、为诗业，堪为精；事实上他不仅仅是一个堪为精、堪称善的个体存在，他还是中国诗歌航母的一位舰长，曾任《星星》和《诗刊》的主编，现任中国作家协会诗歌委员会主任、中国诗歌学会副会长，是一位资历全面的诗坛主帅。几十年来他为中国诗坛培养诗歌人才、推进诗歌事业做出了人所共知的杰出贡献。

我与叶延滨诗歌渊源始于三十年前。1986年我在苏州一所工科学校读书时，创建了一个名叫火帆诗歌沙龙的文学社团，聚拢一些院校和社会上的诗歌青年，进行写作、阅读的广泛交流，接着我创办主编民刊《火帆》诗刊，推出全国各地诗歌同仁的作品。我们的社团成员有一百五十多人，主要有我、柏常青、张樯、客人、尹树义、林浩珍、谢宏、陶文瑜、韦宏山、王道坤、瓦兰、车前子、小海、安子，以及伊慧英、史光柱、阿非、曲光辉、唐洪波、徐徐、师涛、匡文留、凌子、宋路霞、白玛、梁梁、谷鸣、阿樱和他他等数十人。他们都是当年的优秀青年诗人，当下的实力中坚诗人。火帆诗歌沙龙聘请了1980年代各种诗歌力量的代表性诗人做名誉成员和盟友，如"归来者"诗人艾青、绿原、流沙河等，朦胧诗人杨炼、顾城、舒婷等，新现实主义诗人叶延滨、李发模、陈所巨等，第三代诗人孟浪、周伦佑、宋琳等，台港诗人洛夫、余光中、黎青等，国外汉语诗人云鹤、方昂、南子等，这份名誉成员和盟友的名单表明了火帆诗歌沙龙对于诗歌艺术的宽广兼容性质，而名誉成员叶延滨作为诗人个体和作为《星星》主编的宽厚包容精神，最为切近《火帆》的艺术表达和价值期待。如果没有当年这个影响不凡的诗歌社团和民刊《火帆》，也许我和一些同仁诗人的当下存在状况就会不同，就没有我写这篇文章的缘由。

此前，我对叶延滨的了解仅仅是符号性的"著名诗人"和"代表作《干妈》"等；此后，对叶延滨的理解是人本与文本的结合，逐渐从报刊媒体认知这个人，然后更多地阅读他的作品。在许多中国诗人的心里，都藏着关于三个地址的问答题，如果谁能随口说出三个准确的地址：成都市红星路二段85号《星星》编辑部，北京市虎坊路甲15号《诗刊》编辑部，合肥市宿州路9号《诗歌报》编辑部，那么，他必然是来源于1980年代的资深诗人。在那个热火朝天的诗歌年代，青年人写诗的痴情远超过如今考公务员的热情，如果不是公职家庭的子女、没有城市户口而便于就业，如果不能考上院校得以分配工作，此外的青年们，在上述三种报刊上发表一两组诗或若干首诗或许能够改变命运，直接间接地达到上学、就业、择偶、晋升的目的，有的人从工人农民直接变身为公务员和其他公职人员，甚至"坐直升飞机"被提拔为文化艺术界的官员。当然，写诗不为上学、就业、择偶、晋升的青年也有很多，我就是其中之一，我写诗仅是源于家庭文化熏染和生性爱好。然而，假使没有《星星》、《诗刊》和《诗歌报》的存在，也许就没有所谓的当代诗人沙克坚守诗歌到现在。上述问答题中的三个地址有两个与叶延滨有关，他先后做过《星星》和《诗刊》的掌门人。

叶延滨做了几十年诗歌刊物的编辑、主编和诗歌界的统领，不知扶持了多少像我这辈和更多下辈的诗人群体，不知改善了多少诗歌青年的命运，他对当代中国诗歌的历史进程，担起了润物细无声的一份导引作用。既然是叙述叶延滨的人本，不妨说得生活化一些。叶延滨少年时蒙受"黑五类"子女磨难，艰险徒步6700里作"革命串联"，青年时下放到贫苦的村野谋生……这些融入骨髓的命运履历，熔就他完整的人格和良知道义，对他的做人行事方式影响终身。当他成为"拥权巨大"的诗歌执业者，从来都在敬畏着诗歌的本身，从来都不拥权自重，为人处世从来不以获得回报为企求；他甚至常常谢绝投稿作者、发表作者的小小吃请，也一贯婉拒诗歌作者登门致谢。相反，他在主政《星星》和《诗刊》的二十多年间，不知倒请登门的作者吃过多少回工作餐。在当今文坛，能做到这样不近人情却又近乎人性、诗性的文学报刊主编能有多少？在我几十年的印象中还有一个，他是1980年代中期到1990年代中期的《诗歌报》主编蒋维扬，他和叶延滨一样是不近人情却又近乎人性、诗性的当代诗歌的导引者，在那一代诗人们的内心里，对他们深怀如此的共识。《星星》、《诗歌报》和《诗刊》是中国诗坛的三大高峰报刊，鼎力支撑着中国诗歌的进步和未来，叶延滨、蒋维扬做其主编，确是人尽其贤、才尽其用，实是中国诗人的幸事。

在我放弃外贸国企高管的未来，放弃摆好办公桌椅的政府公务员的机会，转行到玩笔杆子的媒体杂志、文艺协会供职25年来，我断续的诗生活与叶延滨的关联度就大了一些，可我们一直以来就是清水如许的君子之交。我在《星星》和《诗刊》发表诗歌或许有七八十首，一次又一次获得过稿酬，却从没请他喝过一次茶；我与叶延滨的人际关系，仅仅是后生与前辈、作者与编者的普通关系。偶尔的时候，我反过来做他的编辑，把他的散文、随笔和杂文、评论发表在我负责的地方报刊的版面上，彼此凭作品说话的职业性往来，真的没有什么客套，似乎显得有些清静冷淡。在与叶延滨30年的诗歌渊源中，前二十多年我根本就没有见过他这个人，直到我离开诗坛10年、又于2007年回归诗歌后，还是没有见过他一面。到了2010年代的近些年，我才在一些诗会中幸遇叶延滨，真可谓一见如故，却对他没有相见恨晚之感，惟有对他这个人的内外在的果不其然的确证。

有那么长久的文字交往历程做铺垫，我称呼叶延滨为师，为兄，或者叫他叶帅，意即诗坛老帅、帅哥，或者常常叫他老叶，怎么称呼叶延滨都不以为忤，他总是笑而默而接纳。

我几十年的自由写作和陌生投稿，从八分钱一张的邮票当家到电子邮箱当家，发与不发作品任由编辑做主，从不到编辑部登门造访，从不过问投稿结果。但有那么一次投稿是例外，我对叶延滨提出了请求。那是2005年初，处于诗歌写作休眠期尾段的我，读到当年第1期《诗刊》发表绿原的开卷新作《绝顶之旅》，我当晚就写了一篇评论《清澈，混沌，峰顶，冰山一角的巨鲸——从绿原的诗〈绝顶之旅〉谈起》，从电子邮箱里发给叶延滨。我在投稿附言中认真恳切地对他说：绿原是1940年代的七月派代表诗人、1980年代初的"归来者"代表诗人，当代最具国际影响的大诗人和文学翻译家，没有之一，他在身体欠安的耄耋之年写出如此深刻大器的作品，令我产生少有的震撼和感动。绿原淡泊名利的低调人生遭遇过太多的挫折压抑，却为中国文坛创造了卓越的文学成就，他1942年出版诗集《童话集》，被誉为"诗坛神童"，他1997年以权威的译著《浮士德》获得首届鲁迅文学奖翻译奖，他1998年成为首位获得斯特鲁加国际诗歌节"桂冠诗人金环奖"的东方国家的诗人，他2003年获得国际华人诗人笔会"中国当代诗魂金奖"。在这些含义极大极重的价值符号里，六十多年的思想之光穿过他曲折的命运隧道，呈现着绿原的传奇色彩和中国文人的钻石精神。我写这篇评论，就是在代表几代读者向他敬礼。云云。希望延滨主编兄切切重视此稿。

意料之中的是，叶延滨亲自编辑了这篇评论稿，很快发表在《诗刊》上。然而，绿原对此却感到了小小的意外，原来他在电子邮箱中看了这篇评论时提醒我，要做好没有任何反馈的心理准备。他认为，评论对他的溢美之词他不敢承受，深感惭愧。当他看到《诗刊》发表的评论后，又谦逊地在电子邮件中对我说，看来《诗刊》对你的文章很赏识。直到今天为止，关于绿原作品与评论的这一段背后的细节，我没有对叶延滨说过一个字，就像没有发生过一样。

也许在叶延滨身上发生的敬畏诗歌、精为诗业的故事太多了，通过叶延滨而发生的善待人事的佳话太多了，多得前后三代诗人都能对他说上一番和几番，无需我再多嘴多言。叶延滨作为当下中国诗坛的先行者，一个社会人、诗歌人，他洁身自好的纯静心态，务实质朴的根本品行，敬业助人的宽善情怀，使他的人本精神稳稳立于世端，广受敬仰。

立于文本的常青树

在阅读叶延滨的诗歌文本前，先得准备一些阅读的尺子，否则可能会变成一种模糊阅读而不食其味，因为叶延滨诗歌写作的时间跨度长达 40 年，历经了当代诗歌艺术变迁的几个代际，其美学观念、艺术审美、语言技法和价值构成在不断演进。总体而言，叶延滨的诗歌文本包含着巨大的丰富性、矛盾性和关联性，必须找到相应的一些尺子来度量他不同时期的作品内质，才有可能体认到一位诗歌大家对于汉诗艺术的超然贡献。

美学、文艺学和诗学的不断外展、渗透和细化，为诗歌阅读提供了诸多互相关联的通道和方式，比如以中外文化为区别的本土主义、民族主义、西方主义、全球化，以艺术风格为区别的古典主义、浪漫主义、现实主义、唯美主义、象征主义、现代主义、后现代主义、波普主义，以现代哲学为区分的唯物主义、唯心主义、唯意志论、存在主义、反逻各斯中心论，还有以文本解析为区分的比较文学、美学、文艺学、诗学、结构主义、解构主义、互文性理论等等，这许多复杂而有所交叉的学术范畴和工具论，可以度量当代中国诗歌的一切类型，当然也能从中找到适合叶延滨诗歌类型的几把尺子或许多尺子。是的，一两把尺子度量不了叶延滨诸多诗歌文本的万千气象。以中外文化为区别的尺子来考量，他的诗歌有本土主义、民族主义、全球化的多重元素；以艺术风格为区别的尺子来考量，他的诗歌有浪漫主义、现实主义、现代主义、后现代主义的多重色彩；以现代哲学为区分的尺子来考量，他的诗歌有唯物主义、唯心主义、存在主义的多重理念；以文本解析为区分的尺子来考量，他的诗歌需要用文艺学、诗学、结构主义、解构主义的多重解题方法来分析。

本文在这里所强调的当下性，把当代诗歌的时段姑且指向文革后的 1977 年至今的 40 年，那么对叶延滨在当代诗歌中的学术定位，可以如此表述：他是当代诗歌史中重要的代表性诗人，重要在于他的诗歌文本长达 40 年的生命延伸性。1980 年左右，属于叶延滨诗歌写作生涯的青春期，他正是以点位性的诗歌文本《早晨与黄昏》、《干妈》和《环城公路的圆与古城的直线》等代表作，名世立史。然而在当代中国诗坛，我们所处于的动态文化机制下的代表作，常常被赋以意识形态的时效性，加之诗人们写作代表作时往往只有二十多岁、三十多岁，致使这类代表作一旦被固化为诗人的价值符号，那么在时代诉求变化、文化机制变革、审美标准变迁的过程中，它们会渐渐变得勉强、尴尬直至名不副实，不得不以"时代性局限"来规避时代进步后的质疑，甚至有一些诗人干脆否定自己那些代表作的不成熟、不艺术和不纯粹。另一方面，诗人在这种代表作之后的漫长写作生涯中，价值观念不断趋真、美学认知不断掘深、诗学程度不断提升，逐步摈弃过去作品中那种外在的附加值，归于生命、艺术的本值，诗歌文本超越过去不知多少倍，但是却再也得不到当初产生代表作时的影响力和认可度。那样的代表作，等于是在封杀诗人进步的可能，终会变成贬低诗人进步文本的"反代表作"。当代文学史论的局限性和滞后于文本的反价值问题，是个重大而显见的学术课题，难道不值得学界警醒和重视吗？叶延滨出道时的《早晨与黄昏》、《干妈》和《环城公路的圆与古城的直线》等诗歌，是他早期作品、成名作、代表作的三位一体，时至今日，依然散发着彰显人性、逼视现实和反思文化的艺术光彩，尽管如此，它们肯定不全是叶延滨诗歌艺术生涯中的高峰所在。

从《干妈》这组诗，我们看到叶延滨为新现实主义诗歌凿成了一块奠基石。这种新现实主义，我认为是对过往"高大全"的伪现实主义的反拨修正，是忠于客观存在前提下的适度反思；忠于是策略，反思才是目的。干妈的形象代表着农耕文化及其思想情感，即人性本真的朴素善良。"我不敢转过脸去，/那只是冰冷的墙上的一张照片——/她会合上干瘪的嘴，/我会流下苦涩的泪。/十年前，我冲着这豁牙的嘴，/喊过：干妈……//她没有自己的名字，/'王树清的婆姨'——人们这样喊她……"（组诗《干妈——她没有自己的名字》）这组得到过无数好评的诗歌杰作，没有受到那个特定时代的过多束缚，即与意识形态过度关联和明显策应的局限。这种反思与伤痕立意下的写作很难，不仅要依靠典型细节、高度概括的叙事加抒情的语言构建能力，还要暗含超越意识形态的文化审视，否则《干妈》就不会被三代读者呼喊了37年。在特定的文化机制下，紧贴时代容易成就作品，时过境迁更容易发生变质，旧时代的代表作很可能被新时代所摈弃。所以，超越时代的文化审视，才是诗歌文本得以长期存活的能源。生命存在也是如此，无不内置着合理性与矛盾性的纠结，生活中存在一位善良勤劳的干妈是合理的，她活得那么穷苦与她的善良勤劳之间是矛盾的。叶延滨在这种伤痕和反思的纠结中寄寓了诗意的诉求：命运的折磨来自哪里，我们召唤一种改变世态的力量。《干妈》的语言所指是命运刻画、心事描摹，形成清晰的人物和事件场，语言能指是对人性的深挖与对生命处境的怜悯。

真正的现实主义者绝不会一味地抒情赞颂，沦为不知不觉的表扬现实主义，他必须有根于社会担当的批判精神，才配得上立足于社会现实。在被余秋雨激赏的《环城公路的圆与古城的直线》中，那些由直线交叉成"僵死的条条框框/构成古城格局的特点"成了叶延滨批判现实主义的靶标，"立体交叉路口，车轮飞旋如风，/环形公路带来新的语言。/像原子在回旋加速器中奔驰，/轰击着在僵死的格局中/在古城盘踞了数百年/尚未僵死的保守和自满！"这首诗代表了叶延滨的一种艺术与思想，语言细节的力度释放，语言所指的立场表述，诠释了现实主义的真义：鞭促障碍性事物的消除，陈旧性事物的改进。

过往的新现实主义诗人们的诗歌文本，有一些淡出了当下的审美视域，而叶延滨的《干妈》、《环城公路的圆与古城的直线》却丝毫不失所值，反而被赋予新的解读新的价值。原因在于，叶延滨没有把《干妈》、《环城公路的圆与古城的直线》等成名作当成顶在头上的包袱，当成止步的终身顶峰，而是当成诗意远行的一次起步，他一直行走在诗路上，不断写出更为优异的诗歌来覆盖过去，创立艺术新高，从而带动他全部作品内涵的升值。如果他的诗歌成就止于早期代表作，那么他只能是当代文学史中的那一类点位性诗人，即使如此，在国家主义稳固的文化怀抱里也已经足够成功。

但是，叶延滨在写出那些"新来者"的新现实主义代表作之后，像他所写就的环城公路那样，又经历了30年探索革新、转变曲行的写作进步，他的诗人身份从"新来者"变成"引领者"和"常青树"，作品风格从现实主义到现代主义、再到后现代主义，诗歌文本从"语言为思想服务"到"语言为艺术服务"，再到"诗歌为生命服务"，他的诗歌成就在不断加码，分量和质量在不断升高，最终归结成自身的叶延滨主义，把他结构到百年中国新诗史的命脉中。结构性是一个动态坐标系统的稳定态势，难以被迁延的时间所置换变更，比如冯至、穆旦、戴望舒、艾青、绿原、北岛、杨炼、海子、吉狄马加、昌耀等等诗人。点位性则是变化态势，可能被迁延的时间坐标所消解撤换，比如文革时期的那些所谓名家名作，早已被迁延的历史流波淹没消解。

1980年代到1990年代，功成名就的叶延滨勤勉地在诗路上探索行走，他的文化视野更为宽阔，艺术观念更为靠前，技术手法更为丰富，在不断转变优化的过程中，从早期的现实主义走向中期的现代主义。说他走向现代主义，首先是指他对"诗言志"的软化转变，表现在语言形式的层面上，可以拿他写于1989年的《敛翅的鹰》为例，"敛翅骤落危崖，爪如松根嵌入石缝／垂云般的双翅悄然收褶／骨缝里也有几分悲怆，血液里游弋欲望的蛇"，此种词语交织的意象叠现，脱离了"判断句加排比句和虚词感叹句"的现实主义豪迈志向及叙述架构，进入现代主义范畴的意象主义和象征主义。叶延滨的诗歌向现代主义的进化，主要还表现在深化、强化反思力度的方面，归入对既定事物观念进行反拨讽刺和幽默化、荒诞化的现代主义精神。例如他写于同期的《乘索道缆车登泰山》，"坐在索道的铁匣子里／上——泰——山——／一幅玻璃透明了历史／从现代的窗框／看传统的风景／……／坐在索道的铁匣子里／上——泰——山——／离去也揣回几分遗憾／接连几个夜晚的梦／都在石阶上走个没完……"在这么一个轻松愉快的登山观景的行程中，叶延滨在意的不是眼里的历史和事物，而是活跃在腿上的愿望之梦，玄机性暗藏，现代性毕现。

现实主义诗歌对于外在事物的夸张抒情和加温抒情的"诗主情"的征象，在叶延滨1990年代的诗歌中逐渐得以消隐转化，他的抒情方式也由于主题需要的物象抒情，转到为生命需要的意象抒情。比如《致意大利歌唱家帕瓦罗蒂》，"雪山冰崩时你在哪里／大海涨潮时你在哪里／鹰隼编织雷电时你在哪里／雄狮奔突追赶羚羊时你在哪里／玫瑰承接晨露时你在哪里／乳雾轻缠华林时你在哪里／大漠驼铃摇弯炊烟时你在哪里／流星曳火射过苍穹时你在哪里"，近乎霹雳节奏的诗意激流，类同于美国诗人艾伦·金斯伯格的语言暴雨、摇滚乐的电闪雷鸣，也让我想到王小龙《纪念航天飞机挑战者号》的语言爆炸，这些激烈的语感语义串联，正是现代主义诗歌在生命内部跃动的意象情绪。他在1990年代的另一首诗《风暴》中写道，"我所有的日子／都是在风暴中跑散的马群／那些灰眼睛的马儿／善良而忧郁／……把你和我的日子吹跑的／不是风又是什么？／／马儿找不到回来的路／如果你见到／一匹或一群褐色的马儿／孤独的老马／温驯的小马／请给它一把青青的草／／……风暴后还留给我一头小马驹／我的属马的小儿子／乖乖地守着我／守着我未来的日子"，在生活化的低温抒情中，把词语化、象征化的马儿，用风暴之绳牵向自然的原处，牵回自我的体内。此处从现实主义转为现代主义的言词中留有一些旧抒情的痕迹，但其语言形式之美已经与内容大意并列为文本的首要。

再看一首《楼兰看到一只苍蝇》："阳光如一万支箭矢／苍蝇在楼兰死城上空快乐地舞蹈／／……半小时后，它将是楼兰古城惟一的生命／……死亡大沙漠中的死亡之城里／死亡之屋外与死亡之树上／一只还在飞动的生灵……／／生命真美丽！／生活真美好！／生存真美妙！／我三次高声地赞美啊／只因为一只在死海之上飞舞的小苍蝇！"此诗所呈示的内涵不只是语言层面的艺术性质，不只是生命状态的意象抒情，主要是对生命态度和体察深度的升华：一切生命都是平等的，一切生命力都是值得赞美的。这就是现代主义诗歌精神的核心所在。

经过对"诗言志"的软化转变，对语言形式层面的艺术手段的转变，然后转化"诗主情"的模式，抒情方式由主题需要的物象抒情，转向生命需要的意象抒情，再经过对生命态度和体察深度的升华，叶延滨完成了诗歌审美的三级飞跃，成为绝不一般的现代主义诗人，那种以良知担当而非语言戏法介入社会现实的现代主义诗人。

从叶延滨《猎豹印象》、《我纯洁得像一根骨头》、《黄河桨》、《母性》、《举棋未定》、《火焰玫瑰》、《莲花开了》、《克里姆林宫背后》和《存放眼泪的小瓶子》等数十首1990年代的主要作品中，我们感知到了一位以现实主义为基石的现代主义诗人的精神实质：开阔、揭示、反思、批判，归于纯粹的语言造化和真实的生命礼赞。用叶延滨写于1990年的《我纯洁得像一根骨头》来概括："有时候一切都是多余／只有骨头是人生定义"。叶延滨的人生现代主义,有根有檗,有因有果,能够把那些没有骨头的修辞现代主义敲得粉碎。不断探索行走、刷新创造的叶延滨,成为当代中国诗坛立于诗歌文本的常青树。

立于再生的新高标

进入二十一世纪的十几年来,社会文化形态转化为网络波普主义,诗歌泡沫满宇宙地膨胀,乱象丛生中自有中流砥柱在把稳大势。叶延滨的心智宛若海上的航灯,对此局面洞若观火,他以先行者的行动来表态,以文本代言一切,继续在诗途上进行着他的艺术变革,转身登上又一波写作巅峰。他写出了堪与生命积淀厚度相当的优质诗歌,如《爱情是里尔克的豹》、《一个音符过去了》、《唐朝的秋蝉和宋朝的蟋蟀》、《丘吉尔托我向元首们说几句话》、《活着的项羽》、《小公务员老B退休的感觉》、《心在高处》、《对我说》和《一棵树在雨中跑动》等大量文本。与过去对他作品挑选阅读感受不同的是,这所有作品不仅会让普通读者感到兴致盎然,还让我这类专业读者屡屡得到惊奇,然后是深品之余的击案称绝。"唐去也,唐蝉也远了/宋去也,蟋蟀也远了/无蝉也无蟋蟀的现代都市/只有不知从哪儿来的风/吹弹着水泥楼间电话线的弦/请拨唐的电话,请拨宋的电话——/忙音!忙音!忙音!……"写于新世纪开初的这首《唐朝的秋蝉和宋朝的蟋蟀》,以唐宋传统来参照当下,直接对泡沫文化表明了诗人的忧患和否决。

《一个音符过去了》给予我们的就不是忧患态度了,而是一种超然于物外的存在与虚无的永久况味。"一滴水就这么挥发了/在浪花飞溅之后,浪花走了/那个大海却依旧辽阔//……一盏灯被风吹灭了/吹灭灯的村庄在风中,风中传来/村庄渐低渐远的狗吠声//……一个人死了,而我们想着他的死/他活在我们想他的日子/日子说:他在前面等你……"死与活,个别与现象之虚,整体与物质之实,个人与生命之死,精神与怀念之活,这些富含悲悯情怀和哲学意识的事事物物,统统被强大的日子判决:归于"他在前面等你"的消散。

在《丘吉尔托我向元首们说几句话》、《活着的项羽》和《小公务员老B退休的感觉》之类略显荒诞带有嘲批性质的诗歌中,叶延滨展现了"言他而批你"的介入现实的风骨,只是在言语上由硬匕首变为软鞭子。《小公务员老B退休的感觉》所用的词语多么奇妙,"那些整齐和不整齐地挂在舌头上/一排排的回形针,神话般地/像棉花糖一样消失",刚刚从固有体制中解套还没走出办公室门的老B,居然产生那么奇妙的后现代主义思想,"那些文件那些报告那些/培养灰尘和蛀虫的套话大全/都知道,那是病毒/诱发脑血栓、心绞痛、高血压/可是谁敢生产这种型号的杀毒软件?"这些不拐弯的句子如同普通生活中的机智话语,把现实原态的散件摆布成诗歌,无视技巧而大有技巧,似同后现代主义美术的拼贴造型,达到一样的审美刺激效果。

叶延滨近来写出了一组力作,包括《一颗子弹想停下来转个弯》、《想和天空一样蓝》、《在安溪遇观音》、《荷花记》、《幸福感》等等,呈显出越发强烈的后现代主义特质,可以看成是叶延滨从现代主义走向后现代主义的转身之作,艺术再生的成就之作。试读《一颗子弹想停下来转个弯》,体察它是怎样从现代主义走向后代主义的。让子弹停下来,是一出戏剧,那得演下去;让子弹拐个弯,是一出荒诞剧,没有开演的可能;在演与不演的瞬间纠葛中,子弹没有选择,只能负命而行终结它的剧情——击中目的物,实现它自身价值的光荣。如果到此为止,子弹的剧情属于有想法有结构的现代主义。然而,叶延滨让子弹的剧情继续演进,"一把钳子夹住了子弹/把它拖到光亮的世界/一见到光亮,子弹就兴奋/兴奋得准备再次起飞/但接下来的是一次更深的跌落/

当！子弹被丢进拉圾铁盘里"，子弹不仅感叹自己的命短，"一生只飞一次！"而且悟出了另一种子弹的命长，它"不光荣、不骄傲、不击中目标"，就是放弃一生一次的飞行，"变成了自由……"如此演进的结果，等于否定了子弹的光荣使命，解构了子弹的价值系统，让子弹的存在性质变成了被逼作为、不想作为的后现代主义悖论。

在《一颗子弹想停下来转个弯》的38行诗歌文本中，置入如此曲妙的艺术机锋，如此密集的意象心象含量，如此矛盾冲突的语势内力，只能称它是绝对好诗。从宽泛的文学比较的角度来体察，我得到了一种闪亮的心理暗示，《一颗子弹想停下来转个弯》与海明威的小说《永别了武器》之间有着文化精神上的深度谋合，战争离不开武器，子弹的价值就是飞出枪膛击中目标，让子弹停下来转个弯，就是与武器永别，两种不同体裁的文本之间有着语言运行的共性——简洁含蓄、机智幽默、场景细腻，它们的思想指归相同：对既定事物与规律的反拨与解构。对于《一颗子弹想停下来转个弯》的文本成就，可以拿叶延滨的另一首新作《想和天空一样蓝》来佐证，水滴对于蓝天的遐想、容器对于水滴的驯化，以及水滴最终进入下水道的命运，凸显着与《一颗子弹想停下来转个弯》一致的意象和心象，一致的反拨与解构，一致的心理暗示。"想和天空一样蓝"的水滴，它的"耳朵里却一遍遍地响着/变茶水，还是变咖啡？"水滴变异于自身存在规律的想法，不可能得到兑现，只会落得与跌进垃圾盘的子弹一样的下场，流入下水道。《一颗子弹想停下来转个弯》和《想和天空一样蓝》，带给我们的明显观感是，叶延滨突破了既定的文化场域，又一次形成了诗歌艺术的飞跃。

《一颗子弹想停下来转个弯》是高度语言艺术所催生的精致文本，蕴蓄着诗歌载体所能扛得住的终极思考，充分证实了叶延滨在漫漫诗路上的转身与再生动能，呈示了一位诗歌大家所特有的艺术创造力。《一颗子弹想停下来转个弯》是代表叶延滨当下写作的高标作品，是当代诗歌中凸起的又一首杰出的代表作，而且是没有意识形态牵制、文化观念束缚、艺术方法局限的代表作。

叶延滨的诗歌写作，题材万千，视角幻变，手法多端，各种事象、物象、意象、心象互相穿插，各个史段、各个国度、各个地域、各种人群、各种现象、各种心理，都在他的诗歌语言中穿越，总体征象呈示为广博浩荡，错综复杂，其中贯穿着一条或明或隐的路径：从诗言志、诗主情的观念性抒情至上而以技术手段为辅，到诗即艺术、诗即真实的呈现性反思至上而以词语结构为辅，再到诗即言说、诗即自身的创造性语言至上而以一切为次，相对应的正是诗歌的现实主义、现代主义和后现代主义。三种主义是诗歌艺术依照内在运行规律而产生的普适性事物，其间本无高低优劣之分，没有意识形态是非，只有时序进退之别。艺术发展一如生命循环，非进则退。对于40后的诗人叶延滨来讲，这条或明或隐的路径肯定不是他诗歌征程和追寻方向的全部，却一定是他探索、遵循诗歌规律趋向的一份重要心机。这条不断转身的路径走得确实不易，却必然地走出了方向，在中国当代诗歌进步的无限可能中，注入了一份切实可行的实践动力。

任何事物都具有相应的形式，旧事物有旧形式，新事物有新形式，旧事物旧形式必须转化进步为新事物新形式，否则必然被无情淘汰。1979年当邓小平以社会主义中国的领袖身份首次出访美国时，面对世人戴上了象征美国文化的牛仔帽，从此打通了中国与世界的隔阂；2012年当习近平以国家副主席的身份出访爱尔兰时，把自己还原成球迷踢起一只足球展示球技，从此开阔了世人对中国领导人的看法。二百年前西方盛行浪漫主义是社会生活改变机制的需要，一百五十年前盛行象征主义及后来的现实主义是文化生活迈向进步的需要，一百年前盛行现代主义艺术（诗歌）是文化本质性、丰富性的自身需要。在一百年前，中国五四新文化运动盛行西方迟来的包括浪漫主义、象征主义的各种艺术（诗歌）风气，是反对封建文化投向新生的精神需要。从1980年代中段开始，中国诗歌的洪流开创了现代主义和后现代主义的航道，是打破专制意识形态回归个体生命和语言艺术的需要。如果对文学规律及其发展的客观事实一概不问，还要做个浪漫现实主义的抒情作家艺术家，就是对当代人类文化的绝对无视，对一二百年前旧事物旧形式的迂腐模仿。在艺术上等同于穿着一百五十年前的长袍马褂留着长辫子，乘坐今天的高铁用之乎者也文言文，对当下事物抒发莫名其妙的这情那意还自以为走在时代潮头。如果是这样，和对着朝廷衙门磕头的晚清遗民，有精神本质上的区别吗。不服从历史规律和真事真知，写来写去只会可惜了时光精力。我们的社会机制和生活方式早已与国际社会同步接轨，我们的诗歌有什么理由徘徊在西方一二百年前的陈旧法则中。还是用叶延滨的诗句来召唤一种强力，"像原子在回旋加速器中奔驰，／轰击着在僵死的格局中／在古城盘踞了数百年／尚未僵死的保守和自满!"

  凭借特定时代产生的一两首或几首成名作、代表作啃一辈子的诗人，不应该受到指摘，因为他们抓住了特定时期的机遇，集中闪射了自己的才华智慧，而同期的多数诗人未能做到。然而，人类社会在开放共存，文化思想在交融互生，诗歌价值在通达平衡，任何诗人如果一再固步自封于既得的光环，不作新的行走和创造，那么时光就会给他穿上一件又一件皇帝的新衣。相比之下，像叶延滨这样不断甩掉成名作、代表作，不断创造下一篇更好作品的诗人，三十多年来出版了45部诗集文集的大家，必然受到人们的尊重。叶延滨不仅敢于直面自己、不断否定过去，而且总能创造出更加美妙、更具价值的未来，这种无可穷尽的创造性，才是汉语诗歌的宏伟蕴含，才是汉语诗人的宏伟格局。

  叶延滨的转身、行走、再生，又转身、行走、飞跃，不但没有丢失现实主义，没有丢失现代主义，也没有固步于后现代主义，他把这些艺术主义作为方法和手段糅合到叶延滨主义的集成之中，稳稳地结构到当代文学史的坐标中。如果要问叶延滨的诗意一生有哪些代表作，可以如此作答，叶延滨主义的文本集成，才是他的代表作，才是百年中国新诗结构性的代表作。任何一位对真诗人真诗歌怀有敬畏之心的读者，都应该向当代中国诗坛的先行者叶延滨的人本尊严致意，向当代诗歌的常青树叶延滨的文本品质致意，向他再生诗歌新高标的创造力致意，向他躬身汉诗实践、催动汉诗进步的垂范精神敬礼。Z

诗学观点

□ 甘小盼 / 辑

●王东东认为,在21世纪诗人的创作中,可以看到新的抒情或智性抒情的回归。智性抒情对应了理智直观这一哲学难题,因而与浪漫主义有着极大关系,但这并非意味着21世纪诗歌会从现代主义直接转向浪漫主义,而更有可能会形成一种浪漫反讽的形态。从风格上讲,这是一种介于现代主义与浪漫主义之间的混合形态,现代主义的反讽面具节制了浪漫主义的过度感伤,而浪漫主义的激情又充实了现代主义的内核。反讽只是抒情主体的反应之一,是抒情主体的自我克制,现时代的浪漫主义自我不得不作出如此调整。21世纪诗歌最大的希望就是对这种激情代表的理想主义精神的回归,以完成一种更高形态的智慧抒情风格。

(《21世纪中国新诗的主题、精神与风格》,《文艺研究》2016年第11期)

●陈仲义认为,作为新诗的前沿、尖端部分,现代诗一直引领着思想、精神、思维、语言的探险。百年新诗接受的尴尬与虚弱,在五个不同时段分别有着突出的内在缺陷:因过度与古典诗美规范断裂而产生"脱节";因过度意识形态化而演变为实利工具;因嬗替太多太快而导致难以适从;因日益退回琐碎的"个我"而出现"自闭"隔绝;因网络载体与消费共谋而滑落娱乐狂欢。而其中最令人忧虑的一大要项,是新诗的接受尺度长期以来一直陷于多元混乱的"空茫"状态。主要根子还在于新诗、现代诗的尺度标准出了"差池"——长期悬而未决、"无法而法"。

(《新诗接受的历史检视》,《中国现代文学研究丛刊》2016年第12期)

●刘祎认为,由于现代人对诗歌的要求逐渐增多、不同时代反映的社会现实不同、人们思想上的转变和学习西方现代诗歌学派的结果,造成现当代诗歌的非诗化倾向。主要表现为:由文言文逐步向白话文过渡、诗体格式不再统一,以及诗歌内容由含蓄转变为开放。这种倾向存在很多弊端。现当代诗歌虽然在内容、语言、表达形式上进行了创新,但是也存在着不足。现代人创作出了许多新诗歌,只是丰富了形式,在内容上却欠缺不少。把白话文稍加改动就变成了所谓的诗歌,这是现代人急躁的表现。只求结果不注重内涵,只会造成诗歌繁荣的假象。

(《现当代诗歌的非诗化倾向》,《戏剧之家》2017年第1期)

●李育杰认为,在新诗的写作中,出现了丢掉民族化、本土化的传统的倾向。诗歌评价的标准,也越来越倾向于认为读不懂与不押韵的诗才是好诗,而这种倾向直接导致了诗歌接受的凝滞。新诗要扭转"精英化"倾向,走出困境,从"象牙塔"走向民间,必须要积极引导、扶持培养这些出自乡村草野、成长于山水田园的"新乡土诗人"创作出始终亲近田园、土地、山水,亲近父老乡亲的"乡土田园诗",传承和弘扬民族民间文学、民间诗歌传统。新诗的写作,应该向人民大众普及,而不应成为少数"精英诗人"的专利。

(《论新诗的成就、不足与发展前景》,《写作》2016 年第 10 期)

●**孙绍振**认为,散文诗是介于诗与散文之间的文体,是跨立于诗与散文之间的一种文体。散文诗的叙事性并不限于和抒情性融合,更多的是与普遍的理念的统一。许多散文诗论者,视野往往就散文诗论散文诗,而不是在散文诗与诗、与散文的矛盾和转化关系中去探索。散文诗的作家队伍日渐壮大,在抒情和冷峻的关系上,也有了相当的突破,但是,在思想的深度,特别是自我解剖的无畏上,在将散文的叙事性转化为散文诗化的哲理性上,还缺乏自觉。由于散文诗在文学诸体裁中是最为年轻的一种,要看到它在中国成熟,人们是需要更大的耐心的。

(《散文诗:叙事的形而上和哲理的寓意》,《当代作家评论》2017 年第 1 期)

●**王学东**认为,中国的现代新诗,不再是对古代中国农业文明的简单再现,而是对突破中国传统的封闭状态下的工业文明、商业文明、城市文明等等文明的新型复杂社会样式的体现,特别是现代技术意识和理性精神的融入使现代诗歌有了与古典诗歌相异的意象、内容和表达。为了适应现代中国人生存状态,反映现代中国人精神思想,中国新诗作者与研究者已经意识到了诗性与理性融合的问题,张扬浓烈的科技意识和理性精神,一起汇入与推动中国现代新诗"新的抒情"走向,成为当代优秀诗歌的要求。

(《诗歌与钢铁——谈龚学敏〈钢的城〉的"钢铁诗学"》,《当代文坛》2017 年第 1 期)

●**马冬莉**认为,从诗歌的创作层面上分析,所谓的"追本溯源"可以有以下两个层面的表现。首先,追本溯源的诗歌创作是指诗歌创作所需要的题材均来自于现实的生活。其次,所谓的"追本溯源"还表现在诗歌创作中对传统诗歌创作技巧的继承上。诗歌作为一种文学体裁,担负着传承传统文化精髓的重任,包括对传统价值观的形象再现,也包括对传统语言词汇的继承。在诗歌这种文体里,古今的继承与创新可以表现在多个层面,但这种继承并非一字不动的重复,而是结合时代的变迁、文化的发展,把时代的内容巧妙地融入到特定的意象里。

(《〈诗歌之王〉:对流行歌曲拯救诗歌的解析》,《当代电视》2017 年第 1 期)

●**高慧斌**认为,诗歌的"边缘化"的确是一个事实,但新诗百年中,其实既存在着边缘化处境,也存在着让诗进入社会文化空间的中心的努力。近年来,诗歌界为了增强诗与读者、与大众的联系,做了很多努力:题材上对现实性的增强,与各种艺术门类结合,扩大传播的手段和方法。但更要紧的是个体真切体验和艺术转化能力的强度。此外,"底层写作"的写作者值得敬佩,但也要尊重那些没有响应这一"潮流"者的选择。不同的"题材"在特定语境中,确实具有并不相同的社会文化、道德伦理的价值。在这方面,最好是回到写作者文化素养、人格精神和艺术能力的个体问题上。

(《问"诗为何离我们远去"后还可问"我们为何离诗远去"》,《辽宁日报》2016 年 10 月 19 日)

●**曾大兴**认为，今天的旧体诗词所最缺乏的是接受者，因而旧体诗词必须注意培养自己的接受者。首先，要有"培养自己的接受者"这个意识。第二，要对当代读者的需求有所了解。第三，作品本身要有个性。第四，作品要有时代感。第五，作品要有节奏感。总之，当代旧体诗词作者必须正视读者的审美需求，关心他们的审美需求，以自己具有个性、时代感和节奏感的优质作品来满足他们的审美需求。作者和读者之间，应该建立一种良好的互动关系。只有这样，当代旧体诗词才会有一个光明的发展前景。

（《培养自己的接受者——向当代旧体诗词作者进言》，《尔雅国学报》2017年2月16日）

●**钱志熙**认为，在中国古代诗学中，情志一直是核心范畴。重视情感的表达，并由情感的表现而创造艺术，达到乐的境界。今天所谓"乐"，指向一切娱乐艺术与娱乐性活动，而单纯追求美饰娱乐效果的文艺不能反映世界的真实，不能明理、载道。诗之存在，归根结底要有艺术上的独立价值，要有对社会生活与人类情感的表现功能。在这一点上，中西诗学殊途同归。也正是因为这一点，诗歌可以跨越历史长河，至今仍富有生命力。

（《复兴"诗的国度"，还得溯源而上》《解放日报》2016年10月11日）

●**叶匡政**认为，中国的五四白话文运动有其副作用，就是对汉语声音的忽视和遮蔽。对现代文学语言在声音上完全是凌乱的。诗歌要体现语言的声音之美，原本是文学的一个常识，但现代文学的兴起，使诗歌变得越来越注重传达复杂的经验，却忽视了声音之美。由于白话文历史太短，中国文学界和诗歌界对语言的声音之美，思考得极少，实践者更少。电子媒介的普及，正在让人们回到一个"后口语"时代，在今天"说"和"唱"，正变得比"写"更普遍、更易传播。鲍勃·迪伦的获奖，无疑能让我们去重新审视当下的这个文学秩序，重新认知到文学诞生之初的本质。

（《鲍勃·迪伦获奖是对诗歌本质的回归》，《深圳特区报》2016年10月25日）

●**杨虚**认为，中国诗歌在五四运动以前一直是遵循其优秀传统的。五四运动中，对新诗的探索与接受起初也遵循着中国诗歌的一些传统，但在包括徐志摩、郭沫若这样的诗人尝试学习西方诗歌的写作方法并取得"成功"以后，新诗便逐渐走向了学西洋去传统的路子上去了。离开本土文化，离开人民群众的诗歌创作的尝试最终将新诗引向了歧路，而只有让诗歌创作回归传统，回归人民，沿着风骚诗脉前行，站着写诗，自显风骨，才能撑起诗歌的精神高度，给新诗的发展以重要启迪。

（《站着写的王学忠体诗歌》，《安阳工学院学报》2017年1月第16期第1卷）

●**唐珂**认为，"诗性"的语言特征从根本上说还是言说本身的话语行为重于言说的信息，诗语言更侧重于指涉自身而非指引外部现实世界，诗的属性在于特定文类/语用场所的话语所凸显的修辞功能和修辞效果。旧体诗的意象、用典、意境，归根结底源自文本在千百年传统积淀中形成的、承载于语词的文化类属性和特殊性，借助认知空间的整合，使词典义背后的深层复义及语用意义得以表达。在看似"散文性"的诗歌中，汉语的语法单位和语法功能极为显著地得到多样的应用实践，成为不可或缺的修辞装置，它们所构建的句法辞格、逻辑辞格与其他辞格一同发挥诗性功能。

（《语言符号学视域下的"诗性"与"散文性"》，《信阳师范学院学报》2017年第1期）

●**李艳**认为，诗人在创作中通过对生活进行哲理化的思考，以独特的审美眼光及对意象的巧妙运用，诗意化地绽放平凡生活的平静与祥和。任何一首好诗都是既体现了诗人个体的生命痕迹，同时又渗透着社会与人生的，这样的诗歌具有流传的价值。好的诗歌是从苦难中出来的，但是不能流于浅白呼叫和自怨自艾，而应站在另一个"我"的视角，审视生活的喜、怒、哀、乐，通过个性化的审美，以诗性化的语言表达生活的体验，以细腻的情感书写，让现实生活与自己的精神境界碰撞出精彩的火花，点燃民众的灵魂，让精神贫乏的受众产生共鸣。

（《绽放的底层诗歌写作诗意的底层民众生活》，《长春教育学院学报》2017年第1期）

●**王舒漫**认为，散文诗首先是作为独立的文体存在着的，散文诗有自己的特质而构建细节和场景，同时，具备独特的语言艺术，明亮的诗眼、意象、寓言、意蕴、象征以及诗的韵律，从意境美、音乐美以及它的高度凝练可以感知散文诗给读者呈现出宽广、自由和深度的抒情。从这个意义上解构，散文诗惊人的意象往往是伟大的张力。散文诗，绝不是散文的扩大或缩短，而是巧妙地将意象糅进诗魂有限的空间，延伸诗的维度。散文诗的语言就是隐喻，而且是根源性隐喻。

（《散文诗是精彩的刻薄》，中诗网，2017年2月15日）

●**韩东**认为，不要保卫诗歌，需要保卫的诗歌不堪一击，主张保卫诗歌和主张反抗成就诗歌一样的不着调。现代诗的本质是自由，困境亦然。怎么写都可以，但需要某种来自个人的创造性整合有关因素。自外部建立秩序的任何努力都有违现代诗的根本，因此教条主义、形式主义和"写作法"之类都是饮鸩止渴。古典诗歌仍然需要那个来自个人的创造性的可能，不过它的难题在于在"不自由"中开辟道路。诗歌在我看来即：自然的做作之语。怎么写？自然。写什么？做作。这二者都是在说语言层面的事，使用什么样的语言或者语言方式，以及怎样使用。语言层面之外的事也在诗歌的技艺之外，另当别论。

（《关于文学、诗歌、小说、写作……》，诗网刊微信公众号，2016年11月24日）

●**王贤芝**认为，佛教新诗在诗歌形式和表现手法上有新的历史特征，佛教新诗对古典禅诗更多地是借鉴和继承，与当代诗歌则是一个互渗的关系。它身处当下诗歌的现场，既充实了当代诗歌的样态，又与当代诗歌写作互相借鉴影响。这是一个动态的发展过程。从佛教新诗本身来说，其局限和不足的地方主要为：新意不够，难脱窠臼。一是因题材的趋同性而出现写作方式的趋同性，鲜有突破与创新；二是在意象选择上多有重复，表达方式上多手法上的移植而对生命的彻悟灵动不够，缺乏深邃厚重感。禅诗重言在意外的彻悟与理事的圆融，忌直白说理寡淡无味，而能将禅理与诗意的审美巧妙融为一体、浑然天成的作品在僧诗中还是非常鲜见。而如何创新与突破的问题，也是当代诗人们的共同思索之一。

（《佛教新诗中的新秀——"现代禅诗"派的兴起》，现代禅诗欣赏微信公众号，2017年2月15日）

"不学诗，无以言"
——故缘夜话七十三弹

□ 朱　妍

"虎符缠臂，佳节又端午"。

端午将至，除了粽香艾香外，空气中也飘散着诗歌的气味——幼儿园里扎着小揪揪的孩童，也奶声奶气地朗诵起了"后皇嘉树，橘徕服兮"。

诗教及其他

"蓝墨水的上游是汨罗江"（余光中语）。

其实在中国漫长的历史里，诗歌面向的从来都是普罗大众，并不是小圈子的自娱自乐。"不学诗，无以言"，除了文学之外，诗歌还承担着人文教化的功能，即为"诗教"。从君子养成，到反映现实，再到施行教化，把家国天下一体贯通。

而现在，诗歌的形态和功能慢慢发生了巨变，绵延久远的诗教传统渐渐失落，诗歌和现实社会、百姓生活渐行渐远，成为了小众的艺术。

邹建军说："我看北岛最近主编的一系列给孩子的书就很好，邀请叶嘉莹、黄永玉等大家，从现代诗歌、古诗词、散文、寓言等各文体中精选出篇目，给孩子们做文学普及启蒙读物。"

"对了，北岛老师明天要到武汉来，商议今年'香港国际诗歌节'武汉分会场的事情。"刘蔚介绍道。

北岛与武汉颇有渊源，上次的"武汉诗歌节"之行更是让他感触良多，此次积极促成在武汉开设"香港国际诗歌节"分会场，也是感动于武汉浓厚的诗歌氛围。

"这是好事情，我们肯定全力配合。下一步我也打算请一些大师，挑选百来首古体诗，百来首现代诗，做成精装诗歌读本，用以传承诗教，普及大众。"阎志道。

"这个很好！在大众热衷于消费诗歌而不是走近诗歌时，我们更有义务将诗教传承下去。"车延高肯定道。

文本相关

一番热烈的讨论后，话题回到了文本上。

"本卷的头条诗人辰水，我认真读了，还不错。"车延高首先点评道。

谢克强介绍道："这次的头条也是来往打磨了许久。辰水的作品，像他自己说的，是以'一种睁开眼睛仔细观察的方式，来写乡村题材诗歌'。"

辰水生活在山东临沂的一个小镇上，一直"保持着与故乡耳鬓厮磨的关系"，这使得他的乡土诗区别于那些"闭上眼睛，想起从前的苦日子，在偌大的老板桌上写下饱含热泪"的乡土诗，映现了人类共同的精神困境和乡愁追询。

"叶帅真是个通才，除了诗歌，散文、杂文也是他写作的半壁江山啊！"看着沙克的评论《论百年中国新诗中的叶延滨》一文，邹建军赞叹道。

杂文随笔的理性和思想，散文的观照和眼界，使叶延滨的诗歌更加丰盈立体。他曾如此总结自己的多文体创作："写诗更多的是内心的表达，大概与情致相关，写杂文更多的是对社会的关注，大概与风骨相关，两者加起来，对我而言就是'书生意气'。"

"难得有一个人写文章而不吹嘘，谈诗论文而不卖弄，世事洞明而不油滑，自然风趣而不轻飘。读叶延滨的随笔散文，你会学得聪明、不受骗和有节制。"（王蒙语）聪明如你们，定能读出一个不一样的叶延滨。

李元胜的昆虫之美

"实力诗人，谢老师选了李元胜？这可是一个很有意思的人啊！我们一同参加活动采风时，他专注于手中的相机，不拍景色人物，专拍昆虫。每次回宾馆，都会给我们发几张很美的昆虫照片。"合上手里的样书，车延高坐直了身子，微笑着说。

李元胜，是一个有着多重身份的青年诗人，诗歌的优秀自不必说，一首《我想和你虚度时光》直击现代人焦虑浮躁的内心世界。作为一个"物种业余爱好者"，他策划编写《中国昆虫生态大图鉴》，积累数十万字的观察笔记和数万张照片，集成《昆虫之美》系列图书，也着实令人震撼。

他遇到一只身上满是露珠的芒蛱蝶，"芒蛱蝶就在这团阴影中，它其实不像我们看到的那样美好和轻盈，它承受着露水钻石的重量，这华美的装饰让它笨重不堪，但又能怎么样呢？蝴蝶是我见过最需要阳光的种族，没有阳光，它们永远没有飞行能力，只能委屈地停留在栖息之处"。他深入雨林腹地，"树木像溪水一样经过我，喜欢阳光下，身体发出果肉的气息。这是森林的气息，丰盈，成熟，鬼魅。它涵盖了所有昆虫生物，涵盖了一切自然生命的迷魅演义"。

通过对大自然微小生命的细致观察，李元胜将写作的核心从诗歌的造境遣词中，转移到对生物的精确描述，阐释了一个诗人的独特自然观："大自然的环境和物种已具备了足够的诗意，只需要我们如实记录。"

"对了，当时我还给李元胜写了首诗——《关系》，读给你们听听。"说着，车延高就拿出手机朗诵起来："在梅岭／又一次琢磨元胜和昆虫的关系／／怀疑他眼睛有嗅觉／前世，苦心孤诣研究过虫语／可他拍摄时只动手指／发来的图片没有一丝气味／联想过缘，联想过灵犀／也联想过人和昆虫会不会忘年交／最后想到南雄的昆虫善解人意／／这一点似乎可以成立／只要元胜举起帅帅的相机／不发通知／昆虫，就风度翩翩来了／／奇怪的是／他会摘下鼻梁上的眼镜／一脸木然／我不认识祝英台"。

寥寥数语，一个"虫痴"诗人的形象就跃然纸上，令人忍俊不禁。

说话间，本次编辑会要结束了。但诗教传承，还任重道远。

诗歌的意义，绝不仅仅是文学的创作和审美，也影响着整个社会的方方面面，从政治到经济，从文化到生活，概莫能外。

已经八十九卷的《中国诗歌》，一直做着润物细无声的努力，仍将继续努力下去！

刘益善 作品选

詩書畫

益善题

NO.57
2017年5月

主编◎阎 志

刘益善

简介 INTRODUCTION

刘益善，祖籍湖北鄂州，生在武汉江夏，中国作协会员。湖北省书法家协会会员，曾任湖北省作家协会副主席、《长江文艺》杂志社社长、主编、编审，湖北省有突出贡献专家。现任湖北省报告文学学会名誉会长、湖北作协诗歌创作委员会主任、《芳草潮》杂志特邀主编、武汉东湖学院驻校作家。发表小说、散文、诗歌500余万字，出版诗歌小说散文报告文学作品30余部。组诗《我忆念的山村》获《诗刊》1981—1982优秀作品奖，组诗《闻一多颂》获《诗选刊》年度诗人奖，纪实文学《窑工虎将》获全国青年读物奖，中篇小说《向阳湖》获湖北文学奖与汉语女评委奖，短篇小说《东天一朵云》获湖北文学奖。散文《飘扬在田野上的白发》获全国漂母杯散文奖。有诗文译介海外并选入中小学课本。有书法作品参展并被机构及藏家收藏。

月夜捕鱼

山是青的,
树是绿的,
水是蓝的,
路是白的。

圆月掉进水里,
水鸟游进月里;
小船来到波心,
水面荡起涟漪。

一网撒下,
罩住了月亮;
拉起一网月光,
欢乐装满船舱。

船儿走了,
月亮还在水里,
风是轻的,
夜是静的。

每天都是好日子

我們都記住一百廿九歲老人長壽經

劉藝華書 乙未年夏

有容乃大
無欲則剛

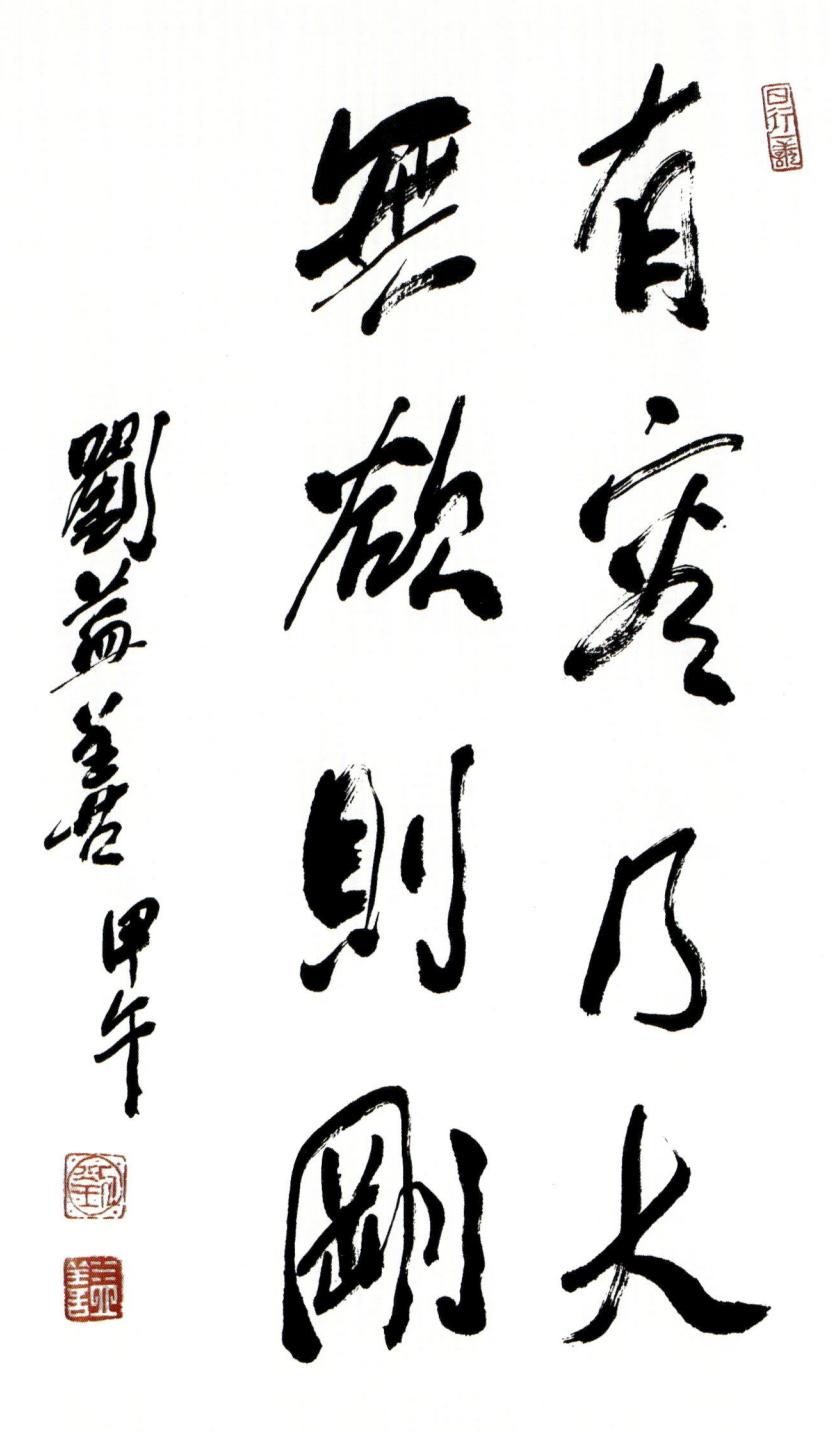

劉蕃書 甲午

有容乃大

渭城朝雨浥轻尘，客舍青青柳色新。劝君更尽一杯酒，西出阳关无故人。

王维《送元二使安西》

斷絕不需要的東西舍棄多餘的廢物脫離對物質的迷戀

日本雜物整理諮詢師山下英子提出的生活新理念

益善書

生活新理念

金龙小店迎客来门张
鼙声故情怀乡馔荅酒尽
兴醉明朝醒馀味尚在

题三妹小酒店补墙 丁酉春 兰箴书

林泉之下常聞虎嘯聲

吾属虎也

益芸書

吾属虎也

烂的朝霞之中一个崭新的日子开始编织绚彩色的羽翼展翅飞了能看到这景象的不是睡懒觉的人不是碌碌随陷在书斋研究世界的人而是踏着晨露登上山巅的跋涉者

节录自旧作《跋涉者的明天》

益善丁酉书

俊者所卷秀小巧或厚朴或灵秀或大气堪称艺术品也稚君雅有品陶器喻个生能给世人以实用以悦目以记文化藏者乐之观者亦乐之是为经远缄藏陶小记也

益善撰文并书

明天天气晴朗，太阳似乎比以往更温暖些，它徐徐升起来的一刹那，是何等的壮观！神奇鱼肚白隐去了，淡淡的裹着忧郁的雾气消散了，而一粒红豆跃上东方，转瞬变成一只火乾，似乎能听见它赤剌剌的奔……

节录旧作《跋涉者的明天》

江汉程远斌者，农家子弟，后以政官至正厅职。余收藏陶器大作酬薪，半数充生，坛小罐盈屋，平作购陶之资，今程居将所藏之器成照片出版湖北陶瓷印制精美，余得之爱不释手，陶器取之于土，匠人搏之

藏陶小记

撵羊牵猴逐日月
捉笔蘸墨写春秋

丙申自撰联贴于居家门上
刘益善丁酉春书

自撰联《撵羊·捉笔》

送猴騰飛舊歲去
聞雞起舞新年來

丁酉自撰聯貼於居家門上
劉藝善書

自撰聯《送猴·聞雞》

田野是静的嫩草是青的露水是清亮的空气是新鲜的歌声是甜的膘的牛儿啃草是悠……的横跨牛背的孩子脸上的阳光是亮……的

录萧洒作晨牧

丁酉春益善书

故人西辭黃鶴樓，煙花三月下揚州。孤帆遠影碧空盡，惟見長江天際流。

李白送孟浩然之广陵 刘益善书

李白诗《送孟浩然之广陵》

休说经日是与非
不和他人争输赢
书写字多走路阳（少？）
兴快乐伴后半生

益善退休后自勉 丁酉书

自作诗

人生六十又逢春,梅開二度再一度,新不負秋光無限好,暗香浮動來黃昏

益善詩書 甲午秋

賢妻惠芳六十生日

自作诗

閑居足以养志 至乐莫如读书

益生老人照予书

闲居至乐

詩書畫
POETRY CALLIGRAPHY PAINTING

Zall Bookstores Pte. Ltd /卓尔书店 出版
9 Temasek Boulevard, 31/F Suntec Tower 2, Singapore 038989
电话：(65) 6559 6223 / 6224
传真：(65) 6336 6610
ISSN/国际标准期刊编号：ISSN 2315-4004
Title/刊名：诗书画
Editor/主编：Yan Zhi/阎志
Designer/设计：Ye Qinyun/叶芹云
Frequency/出版周期：Monthly/月刊
Date Of Publication/出版日期：2017年5月总第57期
Language/语言：Chinese/中文
Email/电邮：zallsh@163.com
Retail price/定价：S$5.00

閒時我拿起儿子的积木
总想摆出你的面容苦楝树
下的三间茅屋茅屋顶生长
的草儿青，閒時我拿起儿子
的蜡笔总想描出你慈祥的面
踏着夕阳从田间归来摆好
饭菜等待儿子的母亲

益君書薩旧作

自作诗